벼락같은 말

시작하는 나에게 끝내주는 한마디

벼락같은 말

정명섭 지음

생각의 서재

깨달음이 벼락처럼 찾아올지도

세상이 개미지옥 같다는 생각이 들 때가 있다. 아무리 노력해도 벗어나지도, 앞으로 나아가지도 못하고 구렁텅이로 빠져드는 느낌이다. 스트레스가 쌓이고 쌓여 금요일, 요샛말로 '불금'이 되면 절정에 달한다. 몸과 마음은 탈진상태인데 해야 할 일이 여전히 산더미다. 녹초가 된 삶 앞에 펼쳐진 미래 역시 불안하다.

다 잊고 광란의 축제로 뛰어들어보자. 클럽에서 신나는 음악에 춤도 춰보고, 직장상사를 안주 삼아 치맥도 즐겨본다. 그러나 그때뿐, 다음 날이면 쓰린 속을 부여잡고 문자메시지에 찍힌 카드 사용내역을 확인하면서 머리를 쥐어뜯는다.

"이놈아! 정신 차려!"

호통과 함께 벼락처럼 어깨에 떨어지는 죽비가 해답인지도 모른다.

스님들은 먼지투성이 속세와는 다른 세상에서 사는 것처럼 보인다. 절이 대부분 산속에 있는 탓이다. 개인적인 수련을 중시하는 종교적 특성도 있고 조선시대 내내 지속됐던 억불정책 때문이기도 하다. 불교에서 말하는 해탈 역시 세상의 성공과는 무관해 보인다.

그럼에도 마음을 비우라거나 감정을 다스리라는 불교의 가르침에서 우리는 오늘의 치열한 삶을 살아내는 힌트를 찾을 수 있을지 모른다. 목표를 향해 가는 과정과 방법에서 차이가 있을 뿐 행복을 향한 도전이라는 본질에서는 다를 바 없기 때문이다. 더군다나 사회의 급격한 변화에 나날이 지쳐가는 현대인에게 내면의 소리에 귀 기울이라는 가르침은 더없이 시기적절하지 않나 싶다.

이 책은 세상만사에 치여 개미지옥을 살아가는 우리에게 다시 시작할 용기를 주는 불경과 선승들의 명언을 담고 있다. 천 년도 전에 쓰인 글과 이야기를 현대에 온전히 적용할 수는 없는 법, 그래서 오늘날 우리가 그 말씀들을 어떻게 받아들이면 좋을지에 대한 생각도 함께 넣어보았다.

세상에는 많은 만남이 있다. 개중에는 옷깃만 스치는 만남도 있지만 운명을 바꾸는 만남도 있으리라. 어떤 만남을 원하느냐고 묻는다면 모두 후자라고 대답할 것이다. 그렇다면 그 운명을 바꾸는 만남을 위해 무엇을 준비하고 있는가. 이 책이 옛 스님들의 말씀에 얽힌 이야기를 짜깁기한 그저 그런 책이 될지 아니면 운명을 바꾸는 시작점의 역할을 할지는 온전히 독자의 몫이다.

차례

3장 / 노력에 대하여

4장 / 반성에 대하여

5장 / 열정에 대하여

6장 / 배려에 대하여

7장 / 배움에 대하여

1장

사랑에 대하여

만남 뒤에는 이별이 있고,
떠난 사람은 반드시 돌아온다.

_『열반경』

부처의 말씀이다. 만해 한용운의 대표시 「님의 침묵」에 나오는 시구와 비슷하다.

"우리는 만날 때에 떠날 것을 염려하는 것과 같이 떠날 때에 다시 만날 것을 믿습니다."

만해는 1919년 3·1 만세운동을 주도한 민족대표 33인 중 한 명이다. 승려이기도 한 그는 일평생을 일본에 굽히지 않은 강직한 사람이었다. 불교의 개혁과 사회참여에도 적극적이었다고 한다. 그런 만해의 삶에 가장 중요한 화두는 다름 아닌 사랑이었다.

사랑은 왜인지 해피엔딩보다 베드엔딩이 더 많은 듯하다. 복잡하고 미묘한 두 감정이 빚어낸 탓일까?

16세기 잉글랜드의 헨리 8세는 결혼을 무려 여덟 번이나 했다고 한다. 적어도 일곱 번은 사랑에 실패했던 것이다. 그 중 두 번째 결혼이 가장 파란만장했다. 첫 번째 부인이던 아라곤의 캐서린과 이혼하기 위해 종교개혁까지 감행한 그는 마침내 꿈에도 그리던 앤 불린과 결혼을 한다. 하지만 앤 불린이 아들을 낳지 못하고 또 이런 저런 일로 그녀와의 감정이 틀어지자 불륜과 간통을 핑계 삼아 이혼하고 만다. 헨리 8세는 여기서 그치지 않고 후환을 없애려 그녀를 처형시켜버린다.

무엇이 한 남자를 이토록 극단적이게 했을까? 여러 정치적 이유가 있었겠지만 사랑의 실패, 그리고 그것이 불러온 분노라는 감정이 적잖았을 것이다.

사랑의 실패는 우리의 자존감을 무너뜨릴 뿐만 아니라 원초적 공포감을 갖게 한다. '혹시 내가 이성에게 매력적으로 보이지 않는 게 아닐까' 하는 두려움 말이다. 그 두려움 때문에 요즘에는 데이트 코치나 픽업 아티스트라는 직업 아닌 직업까지 생겨났다. 그러나 사랑을 한다는 것은 아기가 걸음마를 시작하는 것이나, 어린아이가 세발자전거에서 두발자전거로 바꿔 타는 것처럼 실패를 딛고 일어서는 것이리라.

마치 뫼비우스의 띠와도 같은 부처의 말씀을 사랑에 적용해보자. '헤어짐을 슬퍼하지 말고, 새로운 만남을 기대하라'는 격려로 들리지 않는가? "모든 봉우리에는 휴식이 있다"라는 괴테의 시구처럼 사랑은 지친 인생을 보듬어주는 휴식 같은 존재다. 그러니 두려워하지 말고 사랑을 찾아 나서보자.

망상에 빠지지 말라.

_무업 선사

무업 선사가 입버릇처럼 했다는 이 말의 뜻은 앞일을 섣불리 예측하거나 걱정하지 말라는 얘기다. 무업 선사는 어릴 적부터 천재성을 발휘했다고 한다. 경전 다섯 줄을 단박에 외울 정도였으니 말이다. 그런 그가 젊은 시절 교만함에 빠져 살다가 문득 깨달음을 얻고 나서는 이 말을 항상 입에 달고 다녔다. 무업 선사는 자신의 모습처럼 열의와 재능이 있음에도 아직 깨달음을 얻지 못한 제자들에게 늘 이 얘기를 반복했다고 한다.

"망상에 빠지지 말라."

불교에서는 무無의 경지, 곧 마음의 동요가 전혀 없는 평온한 상태가 되려면 번뇌를 버려야 한다고 말한다. 그러면서 번뇌를 108가지로 분류하기까지 한다. 우리는 왜 번뇌하는 걸까? 망상, 다시 말해 헛된 생각을 하기 때문이다.

"해달라는 대로 다 해줬는데 왜 그러는 걸까요?"
"저랑 만나면서 뭘 할지 생각도 안 하는 것 같아요."

사랑하는 사람들이 겪는 갈등은 대개 욕심 때문이다. 우리는 영화나 드라마에 나오는 배우가 아니다. 아무리 연습해도 얼굴에 드러나는 감정을 숨길 만큼 잘 훈련되어 있거나 노련하지 못하다. '내가 이걸 왜 해줘야 하지?', '이걸 해주면 뭘 받을 수 있을까?' 하는 속마음은 나의 어색한 연기력 때문에 금방 들통나기 마련이다. 마음속에 욕심, 즉 사랑 대신 망상이 자리 잡고 있기 때문이다. 망상이 사랑을 망친다.

사람의 마음을 바람에 흔들리는 갈대에 비유하는 것은 그만큼 종잡을 수 없게 움직이기 때문이다. 사랑은 수입과 지출을 명확하게 나눌 수 있는 경제활동이나 땀을 흘리는 만큼 근육이 커지고 살이 빠지는 운동과는 다르다. 돈이나 시간을 투자하는 것으로는 부족하다. 필요한 것은 오직 하나, '마음'이다. 망상을 버리고 오로지 마음으로 대할 것!

매일 매일이 좋은 날이다.

_운문 선사

운문 선사가 제자들에게 물었다.

"보름부터 오늘까지의 날에 대해서는 묻지 않겠다. 오늘부터 보름까지의 날에 대해서 어떻게 설명하겠느냐?"

아무도 입을 열지 못했다. 그러자 운문 선사가 짧게 말했다.

"매일 매일이 좋은 날이다."

하루 잘 보내라는 덕담처럼 들리지만, 선사가 전하고자 하는 뜻은 더 깊고 우아하다.

현재라는 관념은 사실상 존재하지 않는다. 그것을 느끼는 순간 이미 과거가 돼버리기 때문이다. 시간은 우리가 기뻐하거나 슬퍼하거나 혹은 좌절하거나 반성하는 것과는 상관없이 물처럼 계속 흘러간다.

거대한 사건도 찰나에 내려진 작은 결정이나 생각에서 비롯된다. 사랑도 마찬가지다. 짧고 소소한 만남에서부터 시작되는 경우가 많다. 그렇게 시작된 사랑이 오랜 만남이 되고, 결국 결혼으로까지 이어진다. 그 과정에서 우리는 많은 실패와 착오를 겪는다. 천생연분이라고 믿었지만 아픈 기억을 남긴 채 헤어지기도 한다.

1981년 7월 29일 전 세계인이 지켜보는 가운데 영국의 찰스 왕세자가 결혼식을 거행했다. 결혼식의 또 다른 주인공은 현대판 신데렐라인 다이애나 스펜서다. 영화에서나 나올 법한 화려한 예식이 진행되고, 그녀는 다이애나 스펜서에서 다이애나 윈저, 영국의 왕세자비가 되었다.

모든 여성이 꿈에도 그리던 결혼이었지만 두 사람은 시작부터 삐걱거렸다. 찰스 왕세자가 카밀라 파커 볼스라는 여성과 오랫동안 관계를 유지하고 있던 상태였기 때문이다. 좌절한 다이애나 왕세자비 역시 다른 남성에게 눈길을 돌리고, 결국 두 사람은 1996년 이혼하고 말았다.

찰스와 다이애나의 사랑이 비극으로 치달은 이유가 단지 판이하게 다른 두 사람의 과거 때문일까? 미래에 대한 기대 역시 사랑에는 독毒이 될 수 있다. 사랑이 힘겨운 것은 사랑 자체의 문제라기보다 사랑하게 되면 상대방이 앞으로 나에게 무엇을 해줄까 하는 기대감이 생기기 때문이다. 그 기대감이 어긋나고 무너지면 좌절하고 상처받는다.

사랑하는 사람을 만나는 매일 매일이 행복하고 좋은 날이라고 되뇌어보자. 내가 왜 그 또는 그녀를 좋아하는지 스스로에게 설득하지 말고 있는 그대로를 받아들이면 된다. 아침에 일어나서 창문을 열었을 때 상쾌한 바람과 맑은 하늘을 보고 괜히 기분이 좋아지는 것처럼 말이다.

사랑은 변하지 않는다. 단지 사람이 변할 뿐이다. 매일 매일 바뀌는 그 변화를 따라가지 못하면 사랑은 영원히 도달할 수 없는 엘도라도나 무릉도원 같은 이상향 같은 존재로 남을 것이다.

비가 오지 않아도 꽃은 피어나고,
바람이 불지 않아도 버드나무 가지는 저절로 흔들린다.

_ 조주 선사

조주 선사에게 제자가 물었다.
"인생의 진리를 깨달을 수 있는 방법이 무엇입니까?"
조주 선사는 바람 부는 사찰의 뜰을 바라보며 대답했다.
"비가 오지 않아도 꽃은 피어나고, 바람이 불지 않아도 버드나무 가지는 저절로 흔들린다."

나무가 물을 머금지 않으면 꽃을 피울 수 없다. 아무리 가느다란 버드나무 가지도 바람이 불지 않으면 움직이지 않는 법이다. 그런데 세 살 먹은 아이도 알고 있는 이치를 당나라 최고의 고승 조주 선사가 달리 대답한다.

눈앞의 현상에만 집착하지 말라는 것이다. 고승의 가르침 속에 꽃이 피고 지고 버드나무 가지가 흔들리는 이유는 비와 바람이 아니라 꽃과 나뭇가지에 내재되어 있는 운명 혹은 힘 때문이다. 물리학의 눈으로 보면 틀린 얘기지만, '진리를 깨닫는 방법'이라니 한번쯤 생각해볼 만하다.

30여 년을 각기 다른 환경에서 살아온 남녀가 사랑이라는 감정만 가지고 결합한다는 것은 결코 쉬운 일이 아니다. 30대를 넘어 40대까지 요즘에는 결혼 연령이 점점 늦어지면서 서로 원하는 것이 많아지고 그만큼 갈등이 생길 소지도 커졌다. 완벽한 결혼을 이뤄줄 배우자를 찾는다 해도 거기서 끝이 아니다. 근래 우리 사회의 높은 이혼율은 결혼생활이 그리 성공적이지 못하다는 사실을 보여준다. 이런 저런 과정을 거치면서 한때 사랑으로 뜨거웠던 마음은 식어버리고 폭풍우가 몰아친 것처럼 만신창이가 된다.

한 번밖에 없는 인생을 헛살았다고 생각하는 것보다 무서운 게 있을까 싶다. 불굴의 의지로 감옥 탈출을 계속 시도하던 빠삐용조차 인생을 허비했다는 죄목 앞에서는 수긍하고 말았다. 우리는 사랑을 하지 못하는 것도, 사랑에 실패하는 것도 모두 인생을 낭비하는 것이라고 생각한다. 그 때문에 사랑을 늘 어렵고 위험하다고 느낀다. 연애의 비법을 알려준다는 책을 읽고 전문가의 노하우에 귀를 기울이지만 장담하건데 그런 것들은 별 도움이 되지 못한다. 사랑은 사람과 사람의 만남이기 때문에 말이나 글로 정리할 수 있을 만큼 한정적이지 않다.

조주 선사는 진리를 깨닫기 위해서는 그것을 찾고자 하는 마음이 우선되어야 한다고 가르친다. 사랑이 다른 사람에게 있지 않고 바로 내 마음속에 있다는 점을 깨우쳐주는 말씀이다. 사랑하는 마음이 꽃피어 사랑하게 되는 것이다.

첫 잔은 달고, 다음 잔은 쓰며, 그다음 잔은 떫다.

_『전다훈』

이름 모를 선승의 말이다. 그는 차의 여러 가지 맛을 인생의 희로애락에 비유한다. 아마 이 말을 누군가에게 들려주면서 차를 한 모금 마셨을 터이다. 차만 달고 쓰고 떫은 것은 아니다. 우리가 흔히 마시는 소주도 첫 잔은 달고, 다음 잔은 쓰고, 취하면 떫은맛이 느껴진다. 소주잔을 기울이면서 나눌 수 있는 가장 좋은 얘기가 인생사이듯, 한 잔의 차 속에도 인간이 살면서 겪을 수 있는 모든 맛이 담겨 있다. 그러니 그 무엇 앞에서도 섣불리 기뻐하거나 슬퍼하거나 혹은 상심하지 말라는 뜻이리라.

사랑은 한 잔의 차처럼 인생의 모든 감정들을 담고 있다. 사랑은 조용조용하던 사람을 열정적으로 만들고, 감정적이던 사람을 차갑게 만들어버리기도 한다. 눈물 한 방울 흘리지 않던 냉혈한의 가슴에 슬픔의 비수를 꽂기도 하고, 순진무구하던 사람에게 세상의 쓴맛을 억지로 맛보게도 한다.

그래서 사랑이 힘들다고 푸념하는 사람들이 있다. 주변에서는 경험이 많이 쌓이면 혹은 운명의 사람을 만나면 해결될 것이라고 위로하지만 지금 이 순간이 힘든 사람에게는 별다른 위안이 되지 못한다. 이 모든 사랑의 고난을 끝낼 수 있는 진정한 사랑을 찾기 위해 어떻게 해야 할까?

이름 모를 선승이 마신 석 잔의 차는 아마 같은 차나무에서 자란 찻잎으로 만든 것일 터이다. 그럼에도 차의 맛이 각각 달랐던 이유는 그것을 마신 선승의 마음가짐과 그것을 마셨을 때의 감정이 달랐기 때문이 아닐까?

현대인이 즐겨 마시는 커피도 마찬가지다. 커피의 맛은 바리스타가 그것을 어떻게 만드느냐에 따라 결정되기도 하지만 마시는 사람의 기분이나 컨디션에 따라서 달라지기도 한다. 인간의 감정은 눈에 보이지 않지만 끊임없이 변하며 그 변화에 따라 세상도 달리 보이고 달리 받아들인다.

사랑은 그때그때 다른 감정들이 모여서 이뤄지는 것이다. 그 안에는 설렘과 기대, 불안감, 미안함 같은 인간이 가질 수 있는 모든 감정들이 총천연색 물감처럼 어우러진다. 같은 차와 커피를 마시면서도 다른 맛을 느끼는데 하물며 사랑 같은 변화무쌍한 감정을 단순하고 명쾌하게 결론을 내릴 수는 없지 않을까?

마음도 아니고 부처도 아니다.

_마조 선사

누군가 마조 선사에게 물었다.
"부처는 어디 계십니까?"
"마음이 곧 부처니라."
훗날 또 다른 사람이 마조 선사에게 물었다.
"부처가 깃든 마음은 어떤 것입니까?"
"마음도 아니고 부처도 아니니라."

생활이 윤택해지고 여유가 늘었다지만 다람쥐 쳇바퀴 돌아가는 일상에 지쳐서 자기 자신을 놓치는 사람들도 많다. 온라인으로 언제 어디서든 원하는 사람과 얘기를 주고받을 수 있지만 정작 외롭다고 하는 사람들도 적지 않다. 세상이 빨라지고 편해질수록 소외와 단절에 고통받는 이들이 늘어나는 이유는 무얼까?

특히 사랑 때문에 안절부절 못하는 사람들이 많다. 사랑은 전화를 하고 문자메시지를 보낸다고 이뤄질 수 있는 것이 아니다. 그것은 단지 수단에 불과하다. 스마트폰이 없던 시대에도 사람들은 사랑이라는 감정을 나누지 않았던가. 사랑이 사람에게서 멀어진 것은 연결해주는 다리가 없어서가 아니라, 내 안에 있는 사랑을 끄집어내고 보여주고 건네주는 일에 익숙하지 않아서다.

인간관계나 협상의 기술을 알려주는 전문가들은 감정을 드러내지 말고 포커페이스를 유지하라고 말한다. 한마디로 자신의 감정은 드러내지 않으면서 상대방의 감정을 뜯어먹으라는 얘기다. 그런데 굳이 이렇게 하지 않아도 이미 많은 사람들은 자신을 드러내지 못한다. 현대사회에서 개인은 소비자나 직장인, 중산층같이 집단으로 묶이고 규정되어 있기 때문이다. 이렇게 대중에 매몰되어버려 자신을 잃어버린 사람이 그 마음 안에 있는 사랑을 찾을 수는 없는 노릇이다.

마조 선사가 부처가 마음속에 있다고 해놓고 정작 그것이 마음도 아니고 부처도 아니라고 부정한 이유는 내 마음속에 있는 무언가만 믿고 안심하지 말라는 얘기다. 사랑이 내 마음속에 존재한다고 해서 그것만 믿어서는 안 된다. 진정한 나를 찾아야만 그 안에 있는 사랑도 빛을 볼 수 있다. 사람이 없으면 사랑도 없다. 그러니 사랑을 찾기 위해서 자기 자신을 먼저 찾아야 하지 않을까?

대낮의 도둑.

_설봉 선사

설봉 선사가 임제 선사에게 한 말이다. 같은 승려를 어떻게 도둑이라고 부를 수 있단 말인가. 질투해서도 아니고 물건을 훔쳐서도 아니다. 임제 선사가 번뇌로 가득한 사람들의 마음을 잘 훔쳤기 때문이다. 말하자면 업보와 번뇌에 시달리는 중생들의 짐을 나눠 져야 하는 스님들의 일을 장난스럽게 빗댄 것이다.

남의 물건을 훔치려면 머리는 영리하고, 손이 민첩하며, 배짱도 두둑해야 한다. 물건을 훔치기 위해서도 이런 능력이 필요한데 하물며 사람의 마음을 훔치는 데는 얼마나 더 많은 능력이 필요할까?

마음을 잘 훔치기 위해서는 상대방이 원하는 것을 알아야 한다. 이를 위해서는 얘기를 많이 나눠야 하지만 선부른 대화는 상대방에게 경계심만 일으킨다. 대화술에서 경청을 중요시하는 것은 기본적으로 잘 들어야 잘 말할 수 있기 때문이다. 사랑에 고통받는 사람들은 대부분 상대방이 내 말에 귀를 기울이지 않는다고 호소한다. 하지만 이 얘기를 뒤집어보면 내가 상대방의 얘기를 잘 듣지 못했다는 것을 의미하기도 한다. 대화는 소통을 위해 존재하는 것이지 상대방을 쓰러뜨리기 위해 쓰는 무기가 아니다.

사랑뿐 아니라 무릇 인간관계는 스포츠 경기처럼 승패를 논할 수 있는 것이 아니다. 정해진 규칙이 있는 것도 아니고, 게임이 끝나고 악수를 할 만큼 깔끔하게 끝나지도 않는다. 좋은 말은 위트 넘친 표현이나 화려한 문구로 무장된 것이 아니라 상대방의 얘기를 담은 것이다.

말은 보금자리다. 좁고 위태로운지 넓고 안락한지는 오직 그 말의 크기에 따라 결정된다. 사랑을 그 안에 담는다고 생각해보자. 사랑은 불규칙하고 위태로우며 또한 쉽게 변한다. 사랑에는 사람이 느낄 수 있는 감정들이 뒤섞여 있다. 증오부터 호기심, 죄책감부터 슬픔까지 여러 입자들이 담긴 사랑은 그래서 파악이나 분석이 불가능하다. 그런 사랑을 담기 위해서는 보금자리가 넉넉하고 포근해야 한다.

그러니 사랑을 이겨내거나 극복하려고 하지 말고, 그 속삭임에 귀를 기울여야 한다. 이기겠다는 생각으로는 마음을 훔칠 수 없다. 사랑하는 사람의 마음을 잘 훔치기 위해서는 대낮의 도둑처럼 대담하고 뻔뻔해져야 한다. 그러기 위해서 상대방의 마음을 들여다볼 수 있는 마음가짐과 자세가 절대적으로 필요하다.

내 마음은 가을 하늘에 뜬 달처럼 밝고,
깊고 푸른 연못은 깨끗해 보이는구나.

_한산 선사

자연을 노래한 이 문장은 『한산시寒山詩』라는 시집에 실려 있다. 저자인 한산 선사에 대해서는 당나라 후기에 천태산에 살았던 선승이라는 것 외에는 자세히 알려진 바가 없다. 이 시구도 천태산의 풍광에 시인 자신의 마음을 빗대서 쓴 것으로 보인다.

내 마음이 불심佛心이라면 달이나 연못은 보편적이고 절대적인 진리라고 볼 수 있다. 불가에서는 마음이 본래 맑고 깨끗한 존재라고 말한다. 수행을 통해 번뇌를 버리기만 하면 깨달음의 길로 들어설 수 있다는 것이다.

사랑도 마찬가지 아닐까? 욕심을 버려야만, 즉 무언가를 얻어내겠다는 생각을 버려야만 사랑의 실체를 볼 수 있다. 사랑을 하고 있다고 믿지만 정작 끝난 후에야 그것이 사랑이 아니었음을 깨닫는 사람들이 있다. 사랑을 하면서도 사랑 그 자체보다는 그것을 통해서 얻고자 했던 것에 눈길을 줬기 때문이리라. 진정한 사랑이 순수하고 고결한 이유는 아무런 대가 없이 서로를 바라보기 때문이다.

혈연이 아닌 관계 중 가장 강렬한 것이 바로 사랑이다. 한산 선사가 가을 하늘의 달과 푸른 물에 비유했던 그 마음처럼 말이다. 그렇기 때문에 짧은 순간에 서로를 이해하고 헌신하며, 결국은 남은 생애를 함께할 것을 꿈꾼다.

이런 사랑에 도달하기 위해서는 순수함을 끝까지 유지해야 한다. 사랑은 손해와 이익을 구분하는 비즈니스가 아니다. 사랑을 싸움처럼 여기는 사람들도 있지만 설사 이긴다고 해도 이기는 것이 아니다. 흙탕물처럼 변해버린 마음밖에는 남지 않기 때문이다. 우리는 스스로 강하다고 믿는다. 시련과 고난을 극복하고 원하는 것을 이룰 수 있으리라는 자기암시를 하면서 산다. 하지만 사랑은 강하게 밀고 나갈수록 멀어진다. 사랑을 이루는 감정들이 그런 것들과는 거리가 멀기 때문이다.

이런 감정들은 중생을 구제하기 위해 모든 것을 버리는 선승들의 마음과도 닿아 있다. 순수해야 하기 때문에 강할 수 없고, 아름답기 때문에 이기고 지는 마음을 먹을 수 없는 것이다.

사랑으로 가는 길은 멀고도 험하다. 억지로 돌파하려고 했다가는 길을 잃어버리고 말 것이다. 사랑을 찾으려면 욕심을 버리고 맑고 순수한 마음으로 눈을 떠야 한다. 그러면 진정한 사랑의 길이 보일 것이다.

봄에는 꽃이 피고, 가을에는 달이 밝네.
여름에는 바람이 불고, 겨울에는 눈이 내리네.
쓸데없는 생각만 마음에 담아두지 않는다면
사람에게는 모두 좋은 시절이라네.

_무문 선사

사람마다 특별히 좋아하거나 싫어하는 계절이 있을 것이다. 대개 추위를 많이 타는 사람은 겨울이 제일 싫다고, 더위를 타는 사람은 여름이 제일 싫다고 말한다. 당연한 이치다. 그런데 이와 달리 무문 선사는 사계절 모두 좋은 시절이라고 말한다. 단, 조건이 있다.

"쓸데없는 생각을 마음에 담아두지 않을 것!"

몸으로 겪는 추위나 더위 같은 것보다 속에 품은 생각이 더 큰 장애물이라는 얘기다. 그 장애물을 없앤다면 깨달음을 얻기 위한 시간은 언제든 좋다. 실제로 특정 계절을 싫어하는 이유가 심리적인 측면, 특히 과거의 안 좋은 기억 때문일 때가 많다. 이 경우에 그 나쁜 기억을 극복함으로써 계절에 대한 선입견이 사라지기도 한다.

사람들에게 언제가 가장 좋은지에 대해 물으면 대부분 과거를 떠올리며 대답한다. '바로 지금'이라고 말하는 사람은 거의 없다. 지금 이 순간이 얼마나 행복한지를 깨닫지 못했기 때문이다. 사랑이 더더욱 그렇다. 지금 사랑하는 사람이 있음에도 옛사랑을 그리워한다. 현재보다는 과거를 더 긍정적으로 평가하게 되는 일종의 자기암시다.

우리는 왜 눈앞의 행복을 제대로 보지 못할까? 자신의 삶을 객관적으로 돌아보지 못하고 스스로에게 얽매여 있기 때문이 아닐까? 자신의 삶이 지니는 무게를 제대로 측정하지 못하면 내가 지금 어떤 상태에 처해 있는지 알 길이 없다. 사랑이 시작되면 내가 얼마나 간절히 기다려왔는지 깡그리 잊어버리고, 상대방에게 바라는 것들을 머릿속으로 꼽는다. 자신의 욕구가 채워지면 만족하는 것이 아니라 더 큰 것을 원한다. 이런 일이 반복되면서 갈등과 다툼이 생기고, 결국은 파국을 맞이하게 된다. 그리고 다시 사랑에 목말라한다.

사랑하는 데 준비가 많이 필요한 것은 아니다. 사랑하기에 좋은 특별한 계절이 있는 것도 아니다. 단지 내가 이 사랑을 통해서 얻고자 하는 욕심을 내려놓으면 된다. 이런 생각들이 생기면 상대방을 사랑하는 것이 아니라 상대방을 좋아하는 내 마음을 더 소중하게 여긴다. 그렇게 자기 마음만 소중하게 여기다가 지금 옆에 있는 사람이 나에게 얼마나 소중한 존재인지 미처 깨닫지 못한다. 그러다 그 사람이 떠나면 그 빈자리를 보고서야 비로소 자신의 실수를 깨닫는 것이다.

어느 순간이나 좋은 시절이다. 하지만 그 좋은 시절은 좋은 마음을 먹어야만 올 수 있다. 그때가 바로 사랑하기 가장 좋은 계절일 것이다.

2장

도전에 대하여

네가 머무르는 곳의 주인이 되어라.
그러면 그곳에서 진리를 얻을 수 있을 것이다.

_임제 선사

임제종의 창시자 임제 선사의 말이다. 임제 선사는 제자들을 스파르타식으로 가르친 것으로 유명하기도 하다. 예를 들어 제자가 수련에 집중하지 못하면 '할'이라고 크게 소리쳐 어리석음을 깨닫게 했다고 한다. 이런 그의 방식은 덕산 선사가 제자에게 깨달음을 얻으라며 몽둥이로 내리치는 것과 함께 불가의 유명한 가르침으로 꼽힌다.

주인이 되어야만 진리를 얻을 수 있다는 말은 해탈을 위해서 때와 장소는 상관없다는 뜻이다. 오직 가진 것을 모두 내려놔야만 진정한 나를 찾을 수 있으며, 속세는 물론 불교의 가르침에서조차 벗어나 스스로 깨달아야만 해탈할 수 있다.

우리는 사회생활을 하면서 '주인이 되라'는 말을 자주 듣는다. 특히 사명감, 주인의식 운운하며 더 열심히 일하라는 뜻으로 인용된다. 언제부터인가 우리에게 직장생활은 삶의 모든 것이 되어버렸다. 좋은 직장에 들어가야 하고, 그곳에 들어가서도 치열한 경쟁을 거쳐 승진해야 한다. 좋은 직장에 들어가서 승진하는 것이 인생의 목표가 되어버린 것이다. 우리 몸과 마음은 그런 끝없는 경쟁에 점점 지쳐간다.

내가 오랜 바리스타 생활을 끝내고 전업작가의 길을 걷기로 결심했을 때 제일 처음 부닥친 난관은 다름 아닌 잠이었다. 하루에 열 시간은 기본이고, 그 이상도 이불 속에서 보냈다. 처음에는 시간을 낭비하는 것 같아 어떻게든 일어나고 싶었지만 쉬고 싶어 하는 몸을 이겨낼 수가 없었다. 한동안 나는 이러한 게으름을 갑자기 찾아온 휴식에서 온 나태함으로 이해했지만 주변에도 비슷한 사례가 많다는 걸 확인하고는 생각이 변했다. 규칙적인 생활과 조직에 얽매어 있다가 풀어진 몸이 뒤늦게 자유를 누리는 것이라고. 규칙에 젖어 있는 인간의 의지조차 꺾어버리고 말이다.

'네가 머무르는 곳의 주인이 되라'는 말은 마땅히 직장이 아니라 자신의 인생에 적용해야 한다. 남에게 보이는 성공과 출세가 아니라 내 인생의 진정한 주인이 되는 길은 간단하다. 자기가 진정 하고 싶은 일이 무엇인지 찾아보고 그것을 위해 살아가는 것이다. 우리는 오랜 세월 누군가와 함께 공부를 하고 일을 해온 탓에 홀로서기에 대한 깊은 두려움을 가지고 있다. 그래서 남과 다른 길을 가는 것에 대해서 조심스러워 한다. 하지만 남과 똑같은 삶이 행복하리라는 보장은 없다. 자기 집 열쇠를 남에게 맡기는 사람은 없듯이 자기 인생을 남에게 맡기는 일도 없어야 한다.

모든 것은 오로지 마음이 지어내는 것이다.

_원효 대사

신라의 고승 원효 대사는 10대의 나이에 출가해 이곳저곳을 떠돌면서 수행을 했다. 심지어 적국이었던 백제로 건너가 고구려에서 온 보덕 화상에게 가르침을 받기도 했다. 그렇듯 호기심 많고 학구열이 높았던 원효 대사가 당나라 유학을 떠나기 위해 길을 나섰다. 불교의 발상지인 인도의 불경을 직접 눈으로 보고 싶었기 때문이다. 첫 번째 유학길은 고구려를 가로질러 가다가 첩자로 몰리는 바람에 실패로 돌아가고 말았다.

얼마 후, 다시 당나라로 가려는데 이번에는 오늘날의 인천인 당항

포에 가서 안전하게 배를 타고 가기로 했다. 의상 대사와 함께 떠났는데, 밤중에 길을 잃은 두 사람은 낡은 움막을 발견하고는 그곳에서 하룻밤을 보내기로 했다. 한밤중 원효 대사는 목이 말라 잠자리에서 일어났다. 그러고는 때마침 옆에 있는 바가지에 담긴 물을 마시고 갈증을 해소했다.

다음 날 아침, 눈을 뜬 원효 대사는 그들이 잠을 잔 곳이 움막이 아니라 무덤이고, 바가지에 담긴 물도 사실은 해골에 있던 썩은 물이었다는 사실을 알게 됐다. 그리고 불현듯 세상의 모든 일은 밖에 있는 것이 아니라 마음속에 있다는 깨달음을 얻는다.

『화엄경華嚴經』의 핵심 사상을 전해주는 이 얘기는 '모든 것은 마음먹기 나름'이라는 보편타당한 진리를 가르친다. 원효 대사는 이 일을 계기로 당나라 유학을 포기하고 대신 민중 속으로 들어가 귀족들의 종교인 불교를 백성들의 마음속에 심어놓는 큰 업적을 남겼다. 해골 썩은 물을 마신 것을 재수 없는 일로 치부하지 않고 그 속에서 깊은 깨달음을 얻었기 때문이다.

모든 것이 마음먹기에 달렸다는 원효 대사의 깨달음은 내 삶의 주인은 다름 아닌 나 자신이어야 한다는 말과도 통한다. 경쟁 속에서 잊고 지내던 '나'를 일깨워주는 말이다. 성공이라는 최면에 걸려 있는 우리의 뒤통수를 망치로 세게 내려치는 말이다.

수단방법 가리지 않고 경쟁에서 이겨야 하는 살벌한 세상 속에서

나는 점점 소외되고 잊혀간다. 마음을 잊어버린 경쟁은 속 빈 강정이나 다름없다. 물론 출세 코스를 등지고 혼자만의 길을 걷는 것도 대단한 모험이다. 경쟁은 끝이 없고, 뒤처진 이들은 벌레보다 못한 취급을 받는다. 그래서 다들 낙오자가 되지 않기 위해서 필사적으로 살아가고 있다. 경쟁은 이윤을 낳고 발전을 가져오는 긍정적 효과도 있다. 하지만 끝없는 경쟁은 인간을 잊어버리게 만든다.

처음 글을 쓰기 시작할 때 내가 가진 것은 오직 열심히 하면 잘 풀리지 않을까 하는 근거 없는 자신감뿐이었다. 그렇게 무작정 글을 쓰면서 터득한 것이 '뒤집어보기'다. 아무리 쥐어짜도 더 이상 나올 게 없다고 생각하는 마지막 순간을 새로운 출발점이라고 생각하고 다시 시작하는 일을 반복했다. 당장 원효 대사처럼 생각을 전환시켜보자. 직장생활이 인생의 전부가 아니라 일부일 수도 있다고 생각하는 순간 분명 오랫동안 잊고 있던 꿈이 부활할 것이다.

내가 하는 일을 남이 모르게
은밀하게 해서 흔적을 남기지 말라.
멈추지 않고 꾸준히 계속하는 것이
중요한 가운데서도 으뜸이다.

_동산 선사

조동종의 창시자 동산 선사가 쓴 『보경삼매寶鏡三昧』에 실린 문장이다. 그 유명한 숭산의 소림사에서 승려로 출가한 동산 선사는 여러 고승들을 찾아다니며 가르침을 얻어 마침내 해탈의 경지에 들어섰다고 한다.

동산 선사가 젊은 시절 남전산에 갔을 때의 일이다. 그곳에 마조 선사에게 가르침을 받은 남전 선사가 머물러 있었다. 30년간의 긴 수행으로 명성을 떨친 그에게는 수백 명의 제자들이 있었다. 동산 선사 역시 그의 명성을 듣고 가르침을 얻기 위해 찾아갔던 것이다.

하지만 남전 선사에게는 이미 많은 제자들이 있었고, 때마침 스승의 기일이 코앞이었기 때문에 쉽사리 가르침을 달라고 할 수 없는 상황이었다. 동산 선사는 하는 수 없이 기다리고 있는데 준비를 마친 남전 선사가 뜬금없는 말을 내뱉었다.

"내일 스승님이 오실지 모르겠다."

그 얘기를 듣고 제자들은 스승을 생각하는 남전 선사의 애틋한 마음만을 읽었지만 동산 선사에게는 다른 것이 들렸다. 그는 즉시 자리에서 일어나 외쳤다.

"뜻이 맞는 짝이 있다면 반드시 오실 겁니다."

뜬금없는 말이었지만 남전 선사는 빙그레 미소를 지었다. 그리고 젊은 동산 선사에게 앞으로 크게 될 것이라는 칭찬을 남겼다. 수백 명의 제자들이 오랜 세월 수행을 해도 듣지 못했던 말을 초라한 행색의 떠돌이 승려가 들은 것이다. 하지만 동산 선사는 기뻐하는 대신 자신을 미친한 사람으로 만들지 말라며 화를 냈다. 이후, 동산 선사는 남전 선사의 제자가 되어 깨달음의 길을 걷게 됐다.

동산 선사가 이런 말을 남긴 것은 혹시나 제자들에게 남아 있을지 모를 속세의 인연과 시선을 과감하게 버리고 수행에 정진하라는 뜻이리라. 그러나 남의 눈에 띄지 말라는 얘기는 요즘 상황과는 어울리지 않아 보인다. 취업을 하려면 자기소개서를 웬만한 소설가 이상으로 써내고, 스펙도 에베레스트 산만큼 쌓아야 그나마 명함을 내밀 수 있다. 그렇게 내민 명함이 먹혀도 지원자들끼리 모아놓고 한 주제에 대한 토론을 벌이는 과목에서 두각을 나타내야 한다. 여기서 겸손의 미덕을 발휘해 남들의 얘기를 경청하기만 하면 심사위원에게 좋은 점수를 얻지 못할 것이다.

몇 해 전 하버드 대학교 마이클 샌델 교수의 저서『정의란 무엇인가Justice』가 국내에서 공전의 히트를 기록했다. 시대의 정의에 갈피를 잡지 못한 사람들이 그만큼 많다는 방증이리라. 정의가 무엇인지 모른다면 당연히 성공의 원칙도 흔들리게 마련이다. 그럴수록 사람들은 더욱 경쟁에 목을 맨다.

아무리 성공이 중요하다고 해도 남의 눈에 띄어야 하는 것보다 중요한 것은 많다. 그 중 하나가 동산 선사가 말한 꾸준히 계속하는 것이다. 어떤 한 가지 일을 평생에 걸쳐 한다는 것은 그 자체가 일종의 경지에 이른다고 봐야 한다. 그렇다면 그런 고도의 집중력을 발휘하는 '달인'들은 우리와는 다른 존재일까? 달인과 보통의 우리 사이의 차이점은 아마 자기가 하고 싶은 일을 찾아냈느냐 못 찾아냈느냐에서 결정될 것이다. 대개는 하고 싶어 하는 것을 할 때 집중과 끈기라는 뜻밖의 괴력을 발휘한다.

세상이라는 저울은 한 사람에게 성공이나 실패를 어느 한쪽으로 확연히 기울만큼 몰아주지 않는다. 화려한 말솜씨와 믿음직한 외모는 선택된 소수에게만 주어지지만, 노력과 열정은 모두에게 공평

하게 주어진다. 타인의 능력을 부러워하는 동안 정작 자신이 가지고 있는 장점을 보지 못하는 어리석음을 범하지 말자. 세상이 나의 노력을 몰라주는 것이 아니다. 단지 그것이 가식인지 아닌지 지켜보고 있는 것뿐이다.

절벽의 나무와 우물 속의 칡넝쿨.

_『불설비유경』

길을 가던 어느 사내가 갑자기 발걸음을 멈췄다. 코끼리가 앞을 가로막고 있는데 아무리 봐도 정상인 것 같지 않았다. 아니나 다를까, 코끼리가 괴성을 지르면서 쿵쿵 다가왔다. 사내는 기겁을 하고 도망을 쳤다.

"사, 사람 살려!"

숨을 곳을 찾아 헤매던 사내는 우물을 발견했다. 허겁지겁 달려간 그는 칡넝쿨을 잡고 내려가 우물 속에 숨었다. 한숨 돌린 사내는 무심코 바닥을 보다가 비명을 질렀다.

"도, 독사다!"

오래된 우물이라 물은 말라버렸고, 바닥에는 독사들이 우글거렸다. 하지만 우물 밖은 미친 코끼리가 배회하고 있었기 때문에 일단 칡넝쿨을 붙잡고 버텨야만 했다. 그러다가 어디선가 달콤한 향기가 났다. 사내가 붙잡고 있던 칡넝쿨 꽃에서 나는 향기였다. 사내는 지금 처한 상황도 잊어버린 채 눈을 감고 향기를 음미했다.

그사이 어디선가 나타난 쥐 두 마리가 사내가 붙잡고 있는 칡넝쿨을 열심히 갉아댔다. 하지만 사내는 그런 위기는 까맣게 잊은 채 향기에 흠뻑 취했다.

8세기 당나라의 승려 의정이 번역한 『불설비유경佛說譬喩經』에 나오는 얘기다. 주로 그림으로 표현되는 이 우화는 인간의 삶과 죽음이 얼마나 허무한 것인지, 인생이 얼마나 불안하고 고통스러운 것인지를 암시한다.

현대인의 삶이 이런 상황이라고 말한다면 지나친 독설일까? 사실 우리가 세상이라는 거대한 감옥에 갇혀 살게 된 것은 '안정'이라는 신기루 때문이다. 이 신기루를 좇아 아이들의 장래희망이 공무원이 되었고, 대학은 안정된 직장에 들어가기 위한 고시학원으로 탈바꿈했다. 아이에서 청소년이 되고 또 어른이 될 때까지 한 치의 의문도 없이 안정을 찾기 위해 연어처럼 험난한 급류를 거슬러 올라가는 것이다.

하지만 대기업에 들어가거나 공무원이 되면 그토록 원하는 안정을 찾을 수 있을 것이라는 생각은 환상에 가깝다. 안정된 삶에는 내면에서의 만족감도 포함되어 있기 때문이다. 어렵게 입사한 회사에 적응하지 못해서 나오고 싶지만 주변의 만류로 주저앉는 경우가 많다. 하나같이 배가 부르다, 없어져봐야 소중한 줄 안다는 말로 충고 아닌 협박을 한다. 결국 지옥 같은 생활을 이어나간다.

안정이라는 것은 인생에 대한 관점에 따라 전혀 다른 해답이 나오는 문제다. 직장에 초점을 맞추면 대기업이나 공무원이 정답이겠지만, 평생 하고 싶은 일이라는 데 방점을 찍으면 직장이나 연봉은 정답이 되지 않는다. 어느 것이 정답인지 모른다면 자신이 하고 싶었던 것이나 해보고 싶은 것을 찾아서 도전해보자. 그런 도전을 통해 자신의 삶과 세상 사이에서 균형을 찾아가는 것이다.

영화 〈쉘 위 댄스〉를 보면 겉보기에는 성공적인 삶을 살아가지만 내면은 무기력하던 중년의 사내가 춤에 눈을 뜨면서 활기를 되찾는 과정을 보여준다. 변화는 주인공이 용기를 내어 댄스학원을 찾아가는 것에서부터 시작된다. 춤은 점점 그의 삶 전체를 변화시키고, 댄스 파트너 마이와 아내에게까지 영향을 미친다. 일하면서도 책상 밑으로 바쁘게 스텝을 밟는 그의 발사위를 보면서 나도 모르게 씩 웃었던 기억이 난다.

우리가 안정된 생활이라고 믿는 것은 사실 미친 코끼리를 피해 뛰어든 우물 안에서 쥐가 갉아먹고 있는 칡넝쿨을 의지하는 것과 다를 바 없다. 곧 칡넝쿨이 끊어져버리지만 당장은 괜찮다는 착각을 하는 셈이다. 칡넝쿨이 안 끊어질 수도 있지만, 그렇게 사는 삶이 우리에게 어울릴 것 같지는 않다.

차를 마시는 것과 선을 수행하는 것은 같다.

_원오 선사

오래전부터 스님들은 차를 마셨다. 흔히들 차를 일본의 전유물로 생각하지만, 사실 차의 고향은 중국이다. 중국인들이 차를 즐겨 마셨던 이유는 수질이 안 좋기 때문으로 알려져 있다. 반면 물이 깨끗했던 우리나라는 차를 마실 필요가 없었다. 삼국시대에 중국에서 들어왔던 차는 고려시대를 지나 조선시대에 접어들면서 차츰 사라져갔다. 하지만 초의 선사 같은 스님들을 통해 우리나라에서도 차의 명맥이 지금까지 이어지고 있다.

차는 수행으로 지친 몸과 흐트러진 마음을 가다듬을 수 있게 해준다. 맑은 차에서 우러나는 진한 향기를 맡으면 마음속의 번뇌가 어느새 지워질 터이다. 『벽암록碧巖錄』을 쓴 원오 선사는 차를 마시는 것이 선을 수행하는 것과 같다는 말까지 남겼다. 젊은 시절 오만했던 그는 수행을 하던 어느 날 차를 마시는 의미를 깨닫고, 그 후 차는 그의 수행에 없어서는 안 될 동반자가 되었다.

스님들이 차를 마시면서 깨달음에 정진하는 것처럼 우리도 살아가면서 언제나 도전을 한다. 도전하는 삶이 아름답다고 했던가? 그러나 동시에 모난 돌이 정을 맞는다는 얘기도 한다. 도전을 장려하면서도 정작 말리는 셈이다.

요즘 들어 사람들의 머릿속에는 오직 '안정'이라는 말만 들어 있는 듯하다. 정작 자신은 용기와 소신 대신 안정을 추구하면서 오지 체험 프로그램이나 오디션 프로그램을 보면서 대리만족을 한다. 아마존 정글에서 벌레를 잡아먹고, 절박한 사정의 응시자들이 심사위원의 독설을 묵묵히 참아내는 것을 보면서 말이다. 이런 프로그램이 점점 늘어나는 것은 어쩌면 도전정신이 희박해진 세상이 우리에게 주는 우울한 선물인지도 모르겠다.

도전하는 삶이 어떤 것인지, 그리고 그런 삶이 옳은 것인지는 나로서도 얘기해줄 수 없다. 도전은 많은 것들을 포기하게 만든다. 또한 도전은 아무것도 보장해주지 않는다. 내가 처음에 직장생활을 그만두고 바리스타를 시작했을 때 사람들은 내게 미쳤다고 말했다. 몇 년 후 글쓰기에 도전했을 때도 마찬가지 반응들을 보였다. 당시 도전하기 위해서는 포기해야 할 것이 너무나 컸고, 도전이 아무것도 보장해주지 않았기 때문이다.

아무것도 보여주지 않는 미래를 두려워하는 것은 어쩌면 당연한 일이다. 하지만 그것이 두려워 도전을 포기한다면 정작 애타게 갈망하던 안정을 빼앗길 수도 있다. 내가 필요로 하는 것과 나를 필요로 하는 것이 언제나 일치하지는 않기 때문이다. 안정이라는 명목으로 우리를 묶어두던 그늘이 사라져버리면 땡별에 그대로 노출되고 만다.

현실에 만족하는 것은 안주가 아니라 퇴보를 의미한다. 시간을 비롯해서 세상은 계속 앞으로 가는데 나만 멈춰 있기 때문이다. 우리는 잊고 살아가지만 살아간다는 것을 도전하는 것을 의미한다. 미지의 시간과 그 시간 속에 있는 삶을 가로지르는 것이 도전이 아니면 무엇이겠는가?

규율을 모두 다 지키지는 마라.

_법연 선사

법연 선사가 주지가 된 제자 원오 선사에게 줬던 네 가지 가르침을 '법연사계法演四戒'라 부른다. '힘을 전부 다 사용하지 마라', '복을 다 받지 마라', '좋은 말도 다 하지 마라', 그리고 나머지 하나가 바로 '규율을 모두 다 지키지는 마라'이다. 기껏 규칙을 정해주고는 맨 마지막에 규율을 모두 지키지 말라는 것은 무슨 이유일까?

각기 다른 것 같지만 자세히 살펴보면 공통점이 있다. 네 가지 모두 지나친 성공을 경계하고 중용을 지키라는 가르침이다. 또한 자신은 물론 타인에게 너무 엄격하게 굴지 말라는 의미이다. 그래서 불가에서는 이 네 개의 법칙을 '주지하는 법'이라고 부른다.

법연사계와 비슷한 것이 떠올랐는데 바로 '수령칠사守令七事'다. 조선시대에 지방의 수령이 힘써야 할 규칙을 일곱 가지로 정해놓은 것을 말한다. 농사가 잘 되게 하고, 인구를 늘리며, 학교를 세우고, 군인들을 잘 뽑고, 세금을 공정하게 부과해야 함을 강조한다. 불필요한 소송을 줄이고, 간교하고 교활한 자들을 잘 다스려야 한다는 규칙도 있다.

이 수령칠사를 임금 앞에서 외우지 못해 임지로 가기도 전에 파직당한 수령도 있다. 그만큼 중요한 덕목인데 법연사계도 그런 맥락을 살펴봐야 한다. 물론 주지가 다스리는 사찰과 수령이 통치하는 지방은 다르지만 본질적으로는 사람들이 사는 곳이라는 공통점이 있기 때문이다.

법연 선사가 주지가 되는 제자에게 굳이 규칙을 전부 지키지는 말라고 했던 이유는 눈에 보이는 작은 규칙 때문에 눈에 보이지 않는 더 큰 규칙을 지키지 못하는 것을 걱정했기 때문일 터이다. 사찰의 주지라면 승려와 신도들을 모두 포용해야 한다. 어느 한쪽에 치우쳤다가는 다른 한쪽의 불만을 살 수 있다. 작은 것은 부풀려지기 마련이고, 부풀려진 것들은 치유할 수 없는 갈등으로 번지기 일쑤다. 그러므로 규칙의 장점에 빠져들어 그것이 가진 단점을 잊어버리지 말라는 것이다.

너무 기뻐하지 말고, 칭찬하지 말고, 행운을 지나치게 만끽하지 말라는 법연 선사의 가르침은 중용의 덕을 지키라는 뜻이기도 하지만 현실에 만족하지 말라는 의미도 있다. 흔히 도전은 규칙을 파괴하고 질서를 어지럽히는 것으로 오해를 받는다. 하지만 도전이야말로 세상을 지키는 원동력이 될 수 있다. 불교의 이름난 승려들은 하나같이 깨달음을 얻기 위해 한쪽 팔을 자르거나 스승의 가르침에 반기를 드는 등 철저히 도전했다. 심지어 불교 자체를 부정하기도 했다. 모든 것을 던지는 그런 극한의 도전 속에서 세상을 구원할 수 있는 가르침과 뜻을 얻었다.

어렵사리 들어간 회사에서 학벌과 지연으로 줄서기가 공공연하게 자행되는 것을 보면 좌절할 수밖에 없다. 사내정치라는 그들만의 게임에 나도 뛰어들어야 하는 건가 하면서 착잡함을 느낀다. 그런 것들이 바로 법연 선사가 모두 다 지켜서는 안 된다고 당부한 규칙이다. 우리가 지켜야 할 규칙은 그런 것들이 아니라 인간 혹은 인간다움이 아닐까?

산호의 가지마다 이슬이 맺혀 있는데,
그 이슬에 달이 비추이고 있구나.

_파릉 선사

제자가 파릉 선사에게 물었다.

"취모검이란 무엇을 말하는 것입니까?"

파릉 선사의 대답은 다소 엉뚱했다.

"산호의 가지마다 이슬이 맺혀 있는데, 그 이슬에 달이 영롱하게 비추이고 있구나."

원래 취모검은 날카롭기 그지없는 검을 뜻한다. 살생을 금하는 불교인데 스승과 제자가 난데없이 취모검에 대해서 묻고 대답한 이유는 무엇일까? 이 얘기가 수록된 『벽암록』의 나머지 부분들을 보면 왜인지 알 수 있다. 불의에 대항하는 수단으로서 검이 어떤 존재인지 묻는 질문에 '그것도 나쁘지 않지'라고 대답한 것이다.

우리는 잘못된 세상을 베어버릴 검을 갈망한다. 정의로운 자가 나타나 불의한 세상을 싹 쓸어 없애버리고 새로운 세상을 만들어주길 원한다. 영화 속 영웅들에게 열광하고 부패를 척결하겠다는 정치인에서 환호한다. 그러면서도 자신은 잘못된 세상에 기대어 성공하기를 꿈꾼다. 그것은 마치 살생을 금하는 승려가 날카로운 검을 들고 이걸로 해탈의 경지에 이르겠다는 말과 같다.

오직 성공을 위한 도전만이 칭송받는 세상이다. 잘못된 방식을 쓰거나 비겁한 수단을 써도 '성공을 위해서'라는 변명이면 통한다. 무리하게 주식에 투자하고, 돈 되는 부동산을 찾아 헤맨다. 성공의 지름길이 온갖 미디어를 통해 퍼져나간다. 수십억을 벌 수 있는 방법이라는 직관적인 제목의 책이 잊을 만하면 나타나 열풍을 일으키지만 실제로 그 돈을 번 사람은 저자뿐이라는 우스갯소리도 있다. 최근에는 주식이나 비트코인을 비롯해서 다른 방법으로 부자가 되는 법을 설파하는 책들이 늘어났다. 청춘이니까 당연히 아파야 한다는 이야기도 한때 사람들을 뒤흔들었다. 하지만 이렇게 성공 비법들이 흘러넘치지만 정작 성공한 사람은 여전히 극소수다.

성공은 배움이나 학습을 통해 얻어질 수 있는 것이 아니기 때문이다. 책을 통해 성공의 법칙을 터득했다고 한들 눈에 보이지 않는 신분계층이 고착화되고 경쟁이 심해지면서 그 법칙이 적용될 기회가 주어지지 않는다. 사람들은 애타게 열망하지만 정작 무엇이 성공인지는 알지 못한다.

산호의 가지마다 맺혀 있는 이슬에 하늘에 떠 있는 달이 비추인다. 달은 하나지만 이슬에 맺힌 모습들은 제각각이다. 그것들 중에 어떤 것이 아름다운지를 논하는 것은 어리석은 일이다. 산호의 이슬에 비추인 달은 수백 개이고, 그것을 볼 수 있는 눈은 단 두 개뿐이기 때문이다.

세상은 넓고 다양한 꿈들이 존재한다. 외형적으로 보기에는 우열을 가릴 수 있지만 사람의 마음속에서 그것들의 무게는 똑같을 수밖에 없다. 그러므로 세상에 보이기 위한 도전이 아닌 나를 위한 도전을 해야 한다.

뜰 앞의 잣나무.

_조주 선사

조주 선사에게 제자가 물었다.

"달마께서 서쪽에서 온 이유가 무엇입니까?"

그러자 조주 선사가 사찰의 뜰에 있는 잣나무를 쳐다보면서 대답했다.

"뜰 앞의 잣나무니라."

보통 이렇게 얘기하면 듣는 이가 알아서 그 뜻을 파악해야 하지만 이 제자는 한 걸음 더 나아갔다.

"비유로 말씀하시지 마시고 알아듣게 말씀해주십시오."

재차 질문을 받은 조주 선사는 미소를 머금으면서 얘기했다.

"비유를 들어서 설명한 것이 아니다."

제자의 물음은 달마가 중국으로 가져온 가르침이 무엇이냐는 물음이었다. 조주 선사는 그 물음에 '있는 그대로' 혹은 '보이는 그대로'라고 대답한 것이다.

불교에서는 특별한 마음가짐이나 열정보다는 평상심, 그러니까 무언가를 한다는 것조차 인식하지 못하는 정신세계를 가질 것을 주문한다. 그것은 해탈이 멀리 있는 것이 아니라 각자의 마음속에 있다는 뜻으로 누군가에게 물어서는 결코 깨닫지 못한다는 준엄한 가르침이다.

삶이 곧 욕망인 속세에서 두 스님의 선문답은 큰 의미를 지니지 못하는 것처럼 보인다. 정답도 보이지 않고, 불교에 대한 이해가 깊지 못하면 속뜻을 알아듣지 못하는 탓이다.

하지만 정답이 없는 것이 인생이고 도전이다. 어떻게 살 것인가라는 물음은 비단 불교뿐만 아니라 다른 종교들도 품는 것이며, 수많은 철학자들도 같은 고민을 했다. 하지만 명쾌한 해답은 찾아볼 수 없다. 그 물음에 대한 해답은 바로 각자의 마음속에 있기 때문이다. 수없이 질문하고 찾아보지만 정작 자신에게는 한 번도 물어보지 않았기 때문에 해답을 찾지 못한 것인지도 모른다.

조주 선사는 해탈의 경지에 이르기 위해서는 노력하거나 도전한다는 마음가짐조차 버려야 한다고 말한다. 그것은 삶에 대한 본질적인 물음은 늘 마음속에 품고 있어야 한다는 것을 의미한다. 더불어 그에 대한 해답 역시 평범한 일상생활 속에서 찾을 수 있다고 역설하는 것이다.

도전은 특별한 것이 아니다. 나름의 목표를 세우고 무심하게 다가가는 것, 그리고 그 과정에서 하나둘 배워가는 것이다. 진정으로 도전하기로 마음먹었다면 그 마음가짐 이외에 다른 건 필요 없다. 해탈하기 위해서 특별한 노력이 필요 없는 것처럼 말이다.

주인공아!

_서암언 선사

그는 아둔했다. 그래서 수행을 하면서 늘 자신에게 말을 걸었다.

"주인공아!"

"네."

"깨우쳤느냐?"

"네."

"다른 사람에게 속지 말아야 한다."

"네."

문답은 끝없이 이어졌다. 미쳐서가 아니다. 스스로에게 깨어 있으라는, 자기 삶의 주인공이 되라는 암시를 하고 있는 것이다.

서암언 선사가 자신을 주인공이라고 부른 것은 뒤처지고 있지만 따라잡을 수 있으며, 그것이 나아갈 길이라고 확신했기 때문이다. 그런 믿음을 가지고 스스로를 끊임없이 채찍질했기에 그 역시 천년이 훌쩍 지난 지금까지 자신의 이름을 남길 수 있었다.

그뿐만이 아니다. 나이가 들어 아내에게 버림받은 강태공은 낚시를 하다가 주나라 문왕의 눈에 띄어 재상의 자리까지 올랐다. 칠삭둥이인 한명회는 개성에 있는 경덕궁을 지키는 하찮은 관리였지만 수양대군의 눈에 띄면서 권력을 쥐게 되었다. 이렇듯 역사 속에는 아둔한 사람, 무명으로 지내던 사람이 갑자기 주인공이 되는 경우가 적지 않다.

우리는 남보다 잘되고 싶은 욕망과 남에게 뒤처질지 모른다는 불안감을 동시에 가지고 살아간다. 하지만 남들을 뛰어넘기 위해 도전하고 노력할지, 아니면 다른 꼼수를 써서 이길지를 결정하느냐에 따라 운명이 달라진다. 도전은 우리를 주인공으로 만들어주지만, 옳지 않은 길을 걷는 것은 자신이 주인공이 되는 길을 스스로 포기하는 것이나 다름없다.

비록 화려한 스포트라이트는 없지만 자신의 인생을 오롯이 움직일 수 있다는 것은 더없이 위대한 장점이다. 거리의 수많은 사람들 중 자기 삶의 주인공으로 살아가는 사람이 얼마나 될지 생각해보

자. 모두가 자기 삶의 주인공은 바로 자신이라고 대답하겠지만, 사실 우리는 늘 누군가의 자식, 어느 학교의 누구, 어느 회사의 아무개로 살고 있다. 어느 날 문득, 그런 삶의 공허함을 맛보게 된다면 자기 자신이 한없이 싫어지게 된다.

그럴 때 도전은 공허한 삶에서 벗어나 진정한 내 삶을 찾게 만들어준다. 나의 길, 그리고 나의 꿈에 도전해보자. 그것이 나를 세상에 단 하나뿐인 주인공으로 만들어줄 것이다.

나뭇가지를 잡고 있는 것은 힘든 일이 아니다.
벼랑 끝 매달린 나뭇가지를 잡은 손을 놓는 것이
진정 장부의 결단이다.

_야보 선사

백범 선생이 상하이 훙커우 공원에서 의거를 일으킨 청년 윤봉길에게 들려준 것으로 알려진 시구다. 중대한 결단을 내리거나 용기를 발휘할 때 종종 인용되는데, 원래 중국 당나라의 고승이자 『금강경金剛經』을 해석한 것으로 유명한 야보 선사가 지었다. 거사에 성공한다 해도 살아남을 수 없다는 사실을 누구보다 잘 알고 있던 두 사람의 비장함을 더해주기에 부족함이 없다.

백범이 한때 승려로 지냈다는 사실은 잘 알려져 있지 않다. 그는 명성왕후를 시해한 일본인 장교로 추정되는 인물을 죽인 이유로 감옥에 갇혔다가 탈출한 뒤 공주의 마곡사로 피신한다. 이때 원종이라는 법명까지 받고 승려의 길을 걷는데, 광복 이후 고국으로 돌아온 백범은 반세기 전에 자신이 머물던 마곡사에 들렀다고 한다. 윤봉길 의사에게 불가에서 전해지는 이 시를 들려준 것도 바로 이런 과거가 있기 때문이었다.

우리는 살아가면서 각양각색의 위기에 봉착한다. 매번 마지막 순간에 생각지도 못한 이유로 출판이 무산되는 작가를 곁에서 지켜보자면 내가 다 속이 탈 지경이다. 첫 소개팅 때 방귀를 뀐 이후 징크스가 되어버린 분도 있다. 이런 사소한 것부터 운명을 좌지우지할 만한 크나큰 위기를 어떻게 넘기느냐에 따라 성공과 실패는 물론 이후의 삶도 크게 변한다.

위기를 성공으로 바꾼 능력자들은 말한다. 위기라고 생각하는 그 안에 성공의 비결이 숨겨져 있다고. 그것을 어떻게 간파하느냐는 전적으로 마음에 달려 있다. 도전정신에 충만하고, 기꺼이 위기를 감내할 용기가 있다면 불구덩이 같은 위기 속에서 보석처럼 빛나는 기회를 발견할 수 있을 것이기 때문이다.

기회는 주어지는 것이 아니라 붙잡는 것이다. 그리고 그 기회를 붙잡는 방법은 나를 던지는 것뿐이다. 그러려면 천 길 낭떠러지에서 잡고 있던 나뭇가지를 기꺼이 놓을 수 있어야 한다. 손해 보지 않겠다는 마음은 오히려 방해가 된다. 더 안타까운 것은 기회가 눈 앞을 스쳐 지나갔다는 사실조차 모르는 것이다.

도전은 벼랑 끝의 나뭇가지에 매달리는 위기에서도 저 아래 있는 기회를 향해 기꺼이 몸을 날릴 수 있게 만들어준다. 두려움이라는 안개에 눈이 멀지 않게 하고, 쓰디쓴 아픔도 견딜 수 있는 용기를 만들어주기 때문이다.

모든 법이 하나로 돌아간다면,
그 하나는 어디로 돌아가는 것일까?

_조주 선사

어느 스님이 조주 선사에게 물었다.

"모든 법이 하나로 돌아간다고 하면, 그 하나는 어디로 돌아가는 것입니까?"

조주 선사는 맑은 목소리로 대답했다.

"내가 청주에 살았을 때 무명 장삼 한 벌을 만든 적이 있었지. 그 장삼의 무게가 일곱 근이었다네."

아마 잔뜩 기대했을 스님의 실망감은 이만저만이 아니었을 것이다.

모든 법이 우주를 의미한다면 그것이 모이는 것은 단연코 인간의 마음이 되어야 할 것이다. 하지만 조주 선사는 무명 장삼의 무게로 대답을 대신했다. 그것은 마음이라는 대답이기도 하고, 쓸데없는 질문이라는 호통이기도 하다. 조주 선사는 하늘이라고 대답했을 수도 있었다. 수행이나 열심히 하라고 화를 낼 수도 있었다. 뜰 앞의 잣나무라고, 또는 내가 오늘 몇 끼를 먹었다고 얘기할 수도 있었다. 이 모든 대답은 듣는 이의 마음가짐에 따라 달라질 뿐이다.

어떻게 살아야 하고 또 무엇을 위해 도전해야 하느냐는 질문은 대답을 들을 수 없는 물음인 동시에 세상을 살아가는 불변의 법칙을 품고 있다. 우리는 대답을 들을 수 없는 물음은 쓸모가 없다고 믿는다. 하지만 끊임없는 고민과 그것을 벗어던지는 마음가짐이 곧 도를 터득하는 비법인 것처럼 인간의 마음을 지켜내기 위한 마음가짐 역시 세상을 살아가는 단 하나의 원칙이다.

어떻게 시작해야 하느냐는 삶의 중요한 물음이다. 하지만 나는, 그리고 우리는 모두 해답을 알고 있다. 단지 시작하지 못할 뿐이다. 소설을 쓸 때 가장 어려운 것이 첫 문장이라는 말이 있다. 어떤 소설가나 문학사에 길이 남을 첫 문장을 꿈꾼다. 하지만 현실이 시궁창이라 아무리 쥐어짜도 그저 그런 첫 문장이 나오는 경우가 대부분이다. 진짜 최악은 첫 문장만 반복해서 쓰는 경우다. 그래서 첫 문장이 잘 뽑혀 나오면 소설이 완성된 것처럼 기뻐한다. 시작이 위대한 것은 끝에 무엇이 있는지 알 수 없기 때문이다.

3장

노력에 대하여

위태로운 높은 장대 위에서 앞으로 한 걸음 내딛다.

_『경덕전등록』

송나라 사람 도원이 쓴 불서 『경덕전등록景德傳燈錄』에 실린 이 문장은 백 척, 그러니까 30여 미터 높이의 장대 위에 위태롭게 서 있는 사람이 앞으로 한 발 내딛는 장면을 그리고 있다. 아무것도 없는 공간에 발을 내디디면 당연히 땅으로 떨어질 터이다. 따라서 이 구절은 도를 얻기 위해 자신을 아낌없이 던지라는 가르침인 셈이다.

이순신 장군이 급류가 휘몰아치는 명량에서 이 문구를 떠올렸을지도 모른다. 열 배가 넘는 적선이 급류를 타고 눈앞에 밀어닥치고, 부하들은 멀리 뒤처져 도망칠 궁리를 하는 모습을 보면서 진정 높은 장대 위에 홀로 서 있는 것 같은 기분을 느꼈을 것이다. 하지만 장군은 그 높은 장대 위에서 한 발을 내디뎠다. 당황하는 부하들을 다독거려 싸우게 했고, 초요기를 올려 부하장수들을 호출했다. 어쩌면 이순신 장군은 허공에 발을 내디딘 게 아니라 냉정하게 계산한 승부수를 던진 것인지도 모른다.

우리 사회는 아이에게나 노인에게나 구분 없이 극한의 노력을 주문한다. 노력이라는 단어는 끝이 보이지 않는 안개 같은 존재다. 사람마다 할 수 있는 노력의 덩어리가 다르고, 그것으로 얻을 수 있는 것도 다르기 때문에 계량화하기 어렵다. 얼마만큼 노력해야 하는지, 무엇을 위해 노력해야 하는지 아무도 정답을 알지 못한다. 그 답을 찾기 위해 멘토의 말에 귀 기울이기도 하고 해법이 담겨 있다고 주장하는 책을 읽기도 하지만, 삶에 대한 충고와 격려로 가득한 세상에서 역설적이게도 올바르게 살아가는 것은 점점 어려워지고 있다.

노력이라는 말은 채찍처럼 쉴 새 없이 우리의 등짝을 내리찍고, 성공과 안정이라는 문턱은 한없이 높게만 보인다. 당사자는 이런 상황인데 주변 사람들은 한 걸음만 더 내디디면 성공할 수 있다고, 그것이 경쟁에서 이기는 비법이라고 충고한다. 물론 남보다 더 노력해야 성공하고, 허공에 발을 내딛는 절박함이 있어야 하는 세상인 것은 맞다. 하지만 무엇을 위해서 그렇게 성공해야 하는지, 그리고 세상이 말하는 성공이 나에게 행복을 가져다줄 수 있는지는 다시 생각해봐야 하지 않을까?

중간에 포기하는 것은 열정이 부족하거나 젊어서 철이 없기 때문이 아니다. 왜 그래야만 하는지 이유를 모르기 때문이다. 마라토너가 42.195킬로미터의 거리를 완주할 수 있는 것은 결승점이 어디 있는지 알고 있기 때문이다. 하지만 인생에 그런 결승점은 없다. 아무리 뛰어난 마라토너라고 해도 결승점이 어딘지 알 수 없는 마라톤을 완주할 수는 없는 것처럼 목표가 없는 상황에서 노력할 수 있는 사람도 없다.

백 척 높이의 장대 위에서 허공에 발을 내디딜 수 있는 용기는 어디로 가야 할지에 대한 확신이 있고, 무엇을 위해 노력해야 하는지 알고 있어야만 발휘할 수 있다. 왕자가 불 뿜는 용과 싸우는 것은 마법에 걸린 공주를 구하기 위해서고, 소를 끌고 가던 늙은 노인이 험난한 절벽 위로 기어 올라가는 것은 아리따운 수로부인에게 바칠 꽃을 꺾기 위해서다. 노력을 해야만 최후의 승리를 거둘 수 있다는 얘기를 하기 전에 무엇을 위해 노력해야 하는지부터 스스로 깨달아야 한다.

천하를 횡행하고 싶다면 한 가지 재주를 익혀라.

_야보 선사

쓸 만한 재주 하나만 있으면 먹고사는 데 아무 지장이 없다고 송나라 고승 야보 선사가 말한다. 선택과 집중을 하라는 의미이리라.

조선 후기 조수삼이 쓴『추재기이秋齋紀異』에는 이렇게 한 가지 재주로 명성을 떨친 사람들의 행적이 적혀 있다. 그 중 박뱁새라는 구기꾼이 있는데 이름 그대로 뱁새처럼 작은 체구지만 입으로 못 내는 소리가 없는 재주꾼이었다. 덕분에 이런저런 잔치판에 불려 다니면서 최고의 인기를 구가했다.

잘하는 것에 집중해야 하는 것은 인생의 지혜이면서 연애의 법칙이며, 인간관계의 핵심이다. 회사에서는 승진을 약속하는 능력이고, 전쟁에서는 승리로 이끌 수 있는 무기이다. 수천 년 전부터 학자와 교육자, 장군들이 목 놓아 얘기했으며, 근래에도 성공이나 출세를 위한 방법을 언급하는 곳이면 꼭 들어간다.

그 이유에 대해서는 많은 사람과 책에서 구구절절하게 얘기했으니 더 말할 필요는 없을 것이다. 그렇다면 그것으로 인해 얻을 수 있는 것이 무엇일까? 다름 아닌 '인간으로서의 존엄성'이 아닐까 싶다.

남들보다 잘하기 위해서는 선천적이지 않은 이상 피나는 노력을 필요로 한다. 그 과정에서 땀의 의미를 알고, 스스로를 사랑하고 존중하게 된다. 자신에게는 없었을 것이라고 생각한 고도의 집중력과 창의력을 발휘하고, 끈질기게 하나씩 해나가는 모습에 스스로 감탄하며 자신을 새롭게 발견하는 것이다.

오랜 우정에 금이 가거나 연애에 실패하거나 결혼생활이 파국으로 치닫는 이유는 상대방을 존중하지 않아서도 사랑하지 않아서도 아니다. 다른 누구도 아닌 스스로를 사랑할 줄 모르기 때문이다. 스스로에게 애정이 없으면 타인에 대한 배려와 존중을 알 수 없다. 남들보다 나은 한 가지를 익히고 쌓아가는 과정은 그런 것들을 일깨워준다.

남들보다 나은 한 가지를 갖추기 위해 노력한다는 것은 단순히 인생이라는 전쟁터에서 승리하기 위한 무기를 얻는 것이 아니다. 인생이라는 무대에서 더욱 자신을 빛낼 수 있는 날개를 다는 셈이다. 그러니 자신을 사랑하고 타인을 배려하기 위해서라도 남들보다 나은 한 가지를 가지도록 노력해보자.

남의 잘못을 보지 말고,
행하고 행하지 않음을 보지 말며,
항상 자신을 돌아보면서
옳고 그름을 돌아보라.

_『법구경』

인도의 승려 법구가 쓴 『법구경法句經』은 『아함경阿含經』과 더불어 초기 불교의 대표적 경전으로 꼽힌다. 『법구경』에 실린 이 문구는 단순 명쾌한 삶의 원칙을 역설한다. 일이 잘 안 풀릴 때는 남의 잘못을 탓하기보다 자신을 돌아보고 더 노력하라는 것이다.

9세기 중엽 잉글랜드는 외세의 침입에 시달리고 있었다. 침입자는 잔인하고 용맹하기로 악명 높은 바이킹이었다. 당시 잉글랜드는 몇 개의 나라로 쪼개져 바이킹의 침략에 속수무책으로 당할 수밖에 없었다. 알프레드는 그 중 하나인 웨섹스의 왕자로 태어났다.

왕이었던 형이 바이킹과의 전투에서 전사하자 알프레드는 뒤를 이었다. 하지만 연거푸 패배를 거듭하면서 영토를 거의 잃고 습지로 둘러싸인 조그마한 성으로 도망쳐야 했다. 부하들은 거의 죽거나 흩어지고, 바이킹의 세력이 강하기 그지없는 상태라 알프레드는 좌절감에 빠져 하루하루를 보냈다.

그러던 어느 날, 알프레드는 거미 한 마리를 봤다. 지붕에서 내려오던 거미는 바람에 날려서 번번이 거미줄이 끊어지는데도 포기하지 않고 결국 거미줄을 만드는 데 성공했다. 그걸 본 알프레드 대왕은 깨달았다. '거미도 거미줄을 치기 위해 최선을 다하는데 내가 좌절만 할 수는 없는 노릇이지.'

기운을 낸 알프레드는 흩어진 부하들을 모아 반격에 나섰다. 결국 바이킹들을 몰아낸 그는 빼앗긴 나라를 되찾는 데 성공했다. 사람들은 위대한 업적을 세운 그에게 대왕이라는 칭호를 내렸다. 남을 탓하거나 운명을 저주하지 않고 끈기 있게 노력한 끝에 얻은 결과였다.

요즘 유행하는 말 중 "내로남불"이라는 말이 있다. '내가 하면 로맨스, 남이 하면 불륜'이라는 말을 줄인 것인데, 철저하게 자기중심적인 인간의 속성을 드러낸다. 여기서 힌트를 얻어서 내가 만든 신조어가 "나관남격"이다. '나에게는 관대하고 남에게는 엄격하다'라는 뜻이다.

무슨 일이든 안 된다는 얘기를 입에 달고 다니는 사람들을 자세히 살펴보면 다른 사람들에게는 엄격하고 자신에게는 관대하다는 공통점을 발견할 수 있다. 다른 사람이 하는 일은 무조건 부정적으로 보고, 성공을 운이 좋거나 편법 혹은 꼼수로 치부한다. 그들의 실패는 당연한 것이고, 무능과 과욕으로 인해 벌어졌다고 생각한다. 반면 자신의 실패는 운이 나빴거나 주변의 질시와 모략 때문이라고 판단한다.

실패와 성공은 쌍둥이처럼 닮아 있다. 실패의 이유가 바로 성공의 열쇠이며, 성공의 이유가 바로 실패의 원인이 된다. 사람은 살아가다보면 누구나 알프레드 대왕처럼 넘어질 수 있다. 중요한 것은 그 실패에서 무엇을 배우느냐다. 반성 없는 실패는 반복되는 법이고, 그런 실패가 계속되는 이유는 마음으로 그것을 받아들이지 못하기 때문이다.

왜 넘어지고 실패했는지 그 이유를 빨리 알아차리는 것이 중요하다. 넘어지는 것을 당연하게 여기고, 그것이 나 때문이라고 생각한다면 좀 더 빨리, 그리고 더 잘 일어날 수 있다. 반면 자신이 왜 넘어졌는지 모른다면 일어나는 것도 어렵다. 심지어 자신이 지금 넘어진 상태라는 것조차 모른다.

불운이 반복된다면 그것은 운수가 아니라 실력이 그것밖에 안 된다는 의미다. 주변에서 도와주지 않은 것은 질투 때문이 아니라 도와줄 이유를 찾지 못했기 때문이다. 자기 자신을 냉정하고 돌아보지 못하고 반복된 실패를 그저 운이나 주변의 질투 탓으로 돌린다면 아무리 노력해도 성공이 찾아오지는 않는다.

노력은 다른 사람을 빨아들이는 자석 같은 역할을 한다. 만약 알프레드 대왕이 거듭된 패배를 남의 탓으로 돌리기만 했다면 부하들을 모아서 다시 바이킹과의 싸움에 나섰을 수는 없었을 것이다. 그의 위대한 업적은 스스로가 책임을 지고 도움의 손길을 내밀었기 때문에 가능했던 일이다.

바로 지금이 중요하며,
이 시간은 다시 돌아오지 않는다.

_임제 선사

법정 스님이 매우 좋아하셨다는 임제 선사의 말씀이다. 흔히 지나간 일에 연연할 게 아니라 지금 이 순간에 집중해 다가올 날을 준비하라는 의미로 인용된다. 그래서 새해에 어른들이 덕담으로 아랫사람들에게 말하기도 하고, 문제 해결을 뒤로 미루지 말고 지금 당장 하라는 충고로 쓰이기도 한다.

<인 타임 In Time>이라는 영화가 있다. 배경은 미래 사회. '시간이 곧 돈'이 된 이 시대에는 물건 값을 치를 때 돈 대신 시간을 지불한다. 예를 들면, 커피 한 잔에 4분을 지불하는 식이다. 가지고 있는

시간이 모두 소진되면 목숨이 끊어진다. 시간이 사람의 목숨을 좌지우지한다는 주제가 신선하다.

시간을 어떻게 쓰느냐에 따라 성공과 실패가 나뉘고, 나아가 인생이 바뀐다고 한다. 어릴 때부터 지겹게 들어왔던 말이다. 크게 성공한 사람들의 이야기를 들어보면 틀린 말은 아닌 듯하다. 우리는 새해가 밝으면 스스로에게 이런 저런 약속들을 한다. 개중에는 시간을 낭비하지 않겠다는 다짐도 으레 포함되는데 동시에 작심삼일의 사례에 가장 먼저 들어가기도 한다. 어떤 학자들은 이런 결심과 실패의 반복을 원래 게으르고 싶어 하는 인간의 본성 때문이라고 분석한다. 그렇다면 게으름이 정말 시간 낭비의 근본 문제일까?

시간을 소중히 하지 않는 이유는 그래야 할 '이유'를 모르기 때문인 경우가 많다. 우리나라 대부분의 직장은 근무시간이 길고 야근이 잦은 편이다. 왜냐고 물으면 십중팔구 일이 많고 바쁘기 때문이라고 대답한다. 하지만 직장생활을 해봤던 나는 진실을 알고 있다. 아마 이 책을 읽고 있는 직장인들도 알고 있을 것이다. 야근이 잦고 바쁜 것은 일이 많기 때문이 아니라 그저 퇴근이 늦어지기 때문이라는 것을. 아직도 6시 정각에 가방을 챙겨 나가면 뒤통수가 근질거리는 회사가 많다. 직장 상사들은 그런 직원들을 향해 혀를 차면서 '내가 젊었을 때는 말이지……' 하며 설교를 늘어놓는다. 어차피 일을 빨리 끝내도 윗사람들 눈치 보느라 늦게 퇴근하는 일이 반복되면서 천천히 일을 하게 된다. 그러는 와중에 시간의 중요성은 뒤로 밀린다.

사람이 하루 종일 잠을 잘 수 없는 것처럼 하루 종일 일을 하는 것 역시 불가능하다. 사실 스스로 원해서 하고 싶은 만큼 일을 할 수 있다면 시간의 중요성이 거론될 필요는 없다. 하지만 인간의 체력과 정신은 하루 24시간 중 단 몇 시간 동안만 집중할 수 있다. 그래서 시간을 효율적으로 사용하기 위해 노력해야 한다는 얘기가 오래 전부터 이어져오는 것이다.

시간을 완벽하게 효율적으로 사용하는 방법이 있을까? 각자 추구하는 가치와 성향, 그리고 과정들이 시대와 장소에 따라 다를 것이다. 이런 다양한 변화에 맞출 수 있는 유일한 방법은 오직 '노력'뿐이다. 정확하게 말하면 '목표를 향한 노력'이다. 무언가를 하기 전에 내가 왜 이걸 해야 하는지, 내가 이걸 진지하게 생각하고 있는지 깊이 고심해봐야 하는 이유이기도 하다.

움직이는 것도 선이요, 앉아 있는 것도 선이다.

_보조국사 지눌

언제 어디서든 선심禪心을 가지라는 말은 다른 누군가를 추종하지 말고 스스로 터득하라는 가르침이다. 불법은 밖에 있는 것이 아니라 마음 안에 있기 때문이다. 지눌 선사를 비롯한 고승들은 불법은 우리 곁에 있으며, 그것을 항상 생각하면서 살아가야 한다고 말한다. 그래서인지 많은 선사들은 오랜 배움보다 찰나의 깨달음으로 해탈의 길로 들어서는 경우가 많았다.

시간 낭비는 곧 인생 낭비라고들 생각한다. 하지만 '낭비'가 아닌 '준비'라고 생각하면 어떨까? 유우춘은 정조 때 최고의 해금 연주자로 꼽히는 인물이다. 원래 노비였던 그는 다행히 신분이 해방되면서 용호영이라는 군영의 세악수, 즉 군악병이 된다. 유우춘은 최고의 해금 연주자가 되기로 결심하고 3년간 다섯 손가락에 온통 못이 박히도록 밤낮으로 연습에 몰두한다. 누군가에게는 그 3년이 낭비였을지 모르지만 유우춘에게는 준비의 시간이었다. 결국 그는 실학자인 유득공이 전기를 남길 정도로 해금 연주자로 명성을 떨치게 된다.

내가 중고등학교에 다닐 때는 '3당4락'이라는 말이 있었다. 하루에 세 시간 자고 공부하면 합격, 네 시간 자고 공부하면 불합격이라는 뜻이다. 오직 깨어 있어 공부하는 시간만 중요할 뿐 휴식은 어떤 가치도 없는 사치였던 것이다. 이러한 인식은 지금도 크게 달라지지 않았다. 그러나 잠과 휴식은 성공이나 노력의 적이 아니라 동반자다. 얼마나 잘 쉬고 잘 자느냐에 따라서 성공과 실패가 나뉘기 때문이다.

인간은 불행하게도 24시간 계속 일하거나 집중력을 발휘할 수 없다. 하루의 3분의 1은 잠을 자고, 나머지 시간 중 3분의 1도 먹거나 쉬어야 한다. 성공의 열매를 병원침대에서 누릴 생각이 아니라면 몸이 망가지는 성공은 진짜 성공이 아니다. 충분한 휴식과 잠은 성공하기 위한, 인생을 누리기 위한 당연한 조건들이다.

성공은 잠과 휴식 시간을 뺀 나머지 3분의 1을 어떻게 보내느냐에 따라 결정된다. 가장 좋은 방법은 휴식시간에 '예열'을 해두는 것이다. 운동선수들이 자주 쓰는 이미지 트레이닝을 해보면 좋다. 누워 쉬거나 TV를 보면서 일을 어떻게 할지 머릿속으로 잠깐 잠깐 생각해보는 방식이다.

일이나 공부라는 것은 자리에 앉아서 컴퓨터를 켠다고 바로 할 수 있는 것이 아니다. 두뇌와 몸이 준비되어 있어야 하는데 방금 전까지 다른 일을 한 상태에서 전환하기란 쉽지 않다. 이미지 트레이닝은 그런 간격을 줄여주는 역할을 해줄 수 있다.

뼈에 사무칠 정도의 추위를 겪지 않으면
매화의 향기가 진한 것을 알지 못한다.

_황벽 선사

매화는 소나무와 더불어 절개와 지조를 상징한다. 추운 계절이 와도 다른 나무들은 움츠러드는 것과 달리 매화는 봉우리를 활짝 피우기 때문이다. 세상 모든 일이 몸으로 직접 겪어보지 않으면 깨달을 수 없는 법이다. 겨울이 닥쳐야 매화의 진가를 알 수 있다는 당나라 고승 황벽 선사의 말도 그와 같은 맥락이다.

후삼국 시대 고려의 태조 왕건은 오늘날의 대구에 있는 팔공산 일대에서 일생일대의 위기를 겪었다. 신라를 침략한 후백제의 견훤을 공격하기 위해 진군하다가 오히려 역습을 당한 것이다. 순식간에 포위당한 고려군은 후백제군의 맹렬한 공격에 속수무책으로 당할 수밖에 없었다. 왕건의 목숨이 위태로운 순간 신숭겸이라는 장수가 나섰다.

"신이 옷을 바꿔 입고 적을 유인하겠습니다."

신숭겸의 지략 덕분에 왕건은 겨우 살아남게 됐다. 그러나 왕의 갑옷을 입은 신숭겸은 목숨을 잃었다. 왕건은 자신을 대신해서 죽은 신숭겸의 충성심을 뼛속 깊이 느꼈을 것이다. 마치 한겨울의 매화에서 나는 진한 향기처럼 말이다.

우리는 살아가면서 크고 작은 경쟁 속에서 자신의 능력을 쥐어짜낸다. 사회는 패배자는 모든 것을 잃는다고, 이기기 위해서는 수단과 방법을 가리지 말라고 가르친다. 승리하면 모든 것이 용서되고 패배하면 아무것도 인정받을 수 없다. 총칼만 안 들었을 뿐 사회는 피와 죽음이 난무하는 전쟁터나 다름없는 것이다.

세상이 이러하니 왜 해야 하는지도 모르는 노력을 쏟아 붓는다. 직업들이 늘어났고 가치관도 다양해졌지만 노력의 지향점은 늘 성공뿐이다. 그런 삶이 행복하다고 누가 단언할 수 있을까? 세상이 살기 좋아진 만큼 사람들이 받는 스트레스도 많아졌다.

주영하 교수는 중국음식이 21세기 들어 급격하게 매워진 것이나 한국음식이 19세기 들어 맵게 된 것이 급격한 변화에 따른 심리적 불안감 때문이라고 해석한다. 우리가 잘 견디고 있고, 제대로 적응

하는 중이라고 믿는 사이 몸은 조금씩 허물어지고 있다는 얘기다. 더욱 편리한 삶을 위해 세상이 변하고 있지만, 우리의 몸과 마음은 혹사당한다.

노력하는 삶은 아름답다. 하지만 무엇을 위해 노력하는지, 그 목적지에 진정 내가 원하는 꿈이 있는지 반드시 생각해볼 일이다. 거듭 얘기하지만 인생의 주인은 공부하라고 강요하는 부모나 출세하라고 등을 떠미는 사회가 아니라 자신이다. 자신만의 길을 찾아내고 그것을 위해 노력하는 삶을 살지 않는다면 자기 인생의 주인이라고 자신 있게 얘기할 수 없다. 겨울에 꽃을 피우는 매화는 추위 속에서 홀로 꽃을 피움으로써 자신의 존재감을 세상에 오롯이 각인시킨다. 우리의 삶도 마땅히 그러해야 할 것이다.

움직이거나 멈추거나 앉거나 혹은 눕거나,
말하거나 침묵하거나 움직이거나 또는 멈추거나.

_석가모니

석가모니의 말씀을 따라 스님들은 일평생 살아가면서 스스로를 돌아본다. '나는 누구이고 어디서 와서 어디로 가는가?'를 화두 삼아 나를 찾으면서 동시에 나를 버리는 수행을 하는 것이다. 그 과정은 일반인들이 상상할 수 없을 정도로 길고 고통스럽다. 모두가 깨달음을 갈망하지만 그것이 모두에게 찾아오는 것도 아니다.

똑같은 시간을 들여 노력했는데 누구는 모범생 혹은 우수사원이 되고 누구는 열등생에 꾸지람만 듣는 사원이 된다. 불타는 열정으로 사랑하지만 누구는 커플이 되어 결혼을 하고 또 누구는 쓸쓸한

솔로로 남는다. 보통 사람들은 이런 성공과 실패를 노력의 정도 차이로 이해한다. 덜 열망했고 덜 노력했기 때문에 패배자가 되었다고 본다. 세상 누구도 실패하기를 원하지 않을 것이다. 노력하지 않았다는 얘기도 상대적일 뿐이다. 그렇다면 왜 똑같이 노력을 했음에도 결과가 판이하게 다른 것일까?

삶의 주도권을 누가 가지고 있느냐에 따라 달라진다. 내 삶이니까 당연히 주도권이 나에게 있을 것이라는 생각은 잘못된 선입견이다. 어린 시절부터 왜 해야 하는지 모르는 공부를 비롯해서 점수에 맞춰 대학을 가고, 사회적 체면과 수준에 맞는 직장을 찾아 헤매는 과정 속에서 스스로 주도권을 가진 적이 있었는지 뒤돌아보면 답이 나올 것이다. 윗사람이 시키는 일은 무조건 하는 것을 미덕이자 경쟁력이라고 생각하는 사람에게 자기 삶을 스스로 살아가겠다는 주체적인 마음이 있을 턱이 없다. 알맹이 없는 노력만이 있을 뿐이다.

애플의 창업자 스티븐 잡스는 매킨토시 컴퓨터를 개발하면서 큰 성공을 거뒀다. 그런 그였지만 엘리베이터에서 만난 직원에게 무슨 일을 하고 있는지 묻고 제대로 대답하지 않으면 바로 해고통보를 할 정도로 독선적인 성격의 소유자이기도 했다. 그런 그에게 질린 임원들은 잡스를 애플에서 쫓아냈다. 그러나 스티븐 잡스는 포기하지 않고 픽사를 사들여 장편 애니메이션을 만드는 일에 열중했다. 막대한 자본이 들어가면서 위기에 몰렸지만 그는 끝까지 포기하지 않았다. 결국 〈토이 스토리〉가 흥행에 성공하면서 그는 오랫동안의 공들인 노력에 보답을 받았다. 다른 경쟁사에 밀린 애플이 그를 다시 부른 것은 덤이었다. 하지만 잡스는 자서전에서 이렇게 말했다. "나는 젊은 시절에 이미 백만장자가 되었습니다. 하지만 그런 것은 나한테는 별로 중요하지 않았습니다. 왜냐하면 나는 돈을 벌기 위해 일을 한 것이 아니기 때문이죠."

스티븐 잡스가 성공할 수 있었던 이유는 아이러니하게도 돈이나 성공을 목표로 삼지 않았기 때문이다. 우리는 출세하고 성공하는 것이 진정한 삶의 목표이자 행복이라고 세뇌당한 채 살아가고 있다. 그래서 늘 바쁘고 짜증나고 조급하다. 남들보다 빨리 가기 위해 무단횡단을 감행하고, 다른 사람을 밀치고 바쁘게 움직이지만 정작 어디로 가서 뭘 해야 할지 모른다. 단지 앞 사람의 등만 바라보고, 남들보다 뒤처지는 것을 못 견뎌하고 두려워할 뿐이다.

그러나 우리가 성공했다고 믿는 대부분의 인물들은 그런 식으로 성공을 쟁취하지 않았다. 자신만의 꿈을 위해 사력을 다했을 뿐이다. 인생은 단 한 번뿐이고, 시간은 금방 지나간다. 훗날 무엇을 위해 살아왔는지, 내 삶의 가치가 무엇이었는지 후회하고 싶지 않다면 무엇을 위해 노력해야 하는지를 오랫동안 고민해봐야 한다. 스님들이 무엇을 하든지 깨달음을 위한 화두를 머릿속에서 놓지 않았던 것처럼 말이다.

번뇌를 버리면 불속도 서늘한 법이다.

_두순학

당나라 시인 두순학이 쓴 시의 한 구절이다. “하일제오공상인원夏日題悟空上人院”이라는 제목의 시인데 전체 내용은 다음과 같다.

삼복 무더위에 문 닫아 잠그고 기운 옷 한 벌
방 뜰엔 송죽 그림자 하나 없다지만
하필이면 편안하고 시원해야 참선일까
번뇌를 버리면 불속도 서늘한 법이다

어느 더운 여름날 시인은 오공 선사의 거처를 찾아갔다. 그리고 그는 문을 닫고 누더기 옷을 입은 채 더위에 아랑곳하지 않고 정진하는 선사의 모습을 보고 감탄한다.

깨달음이라는 것은 도달하기 위한 과정은 물론이고 그 자체를 설명하는 것도 쉬운 일이 아니다. 깨달음에 도달하기 위해 무아지경에 빠졌다면 더위나 헐벗음 같은 것은 일찌감치 벗어던졌을 것이다. 번뇌를 벗어던지면 그런 것들은 아무 소용도 그리고 느낌도 없으리라.

우리가 추위와 더위, 배고픔과 고통을 느끼는 것은 감정을 가지고 있기 때문이다. 누구나 무언가에 깊이 빠져 그런 것들을 느끼지 못했던 경험이 있을 것이다. 열중하고 있는 동안 다른 어떤 감정도 끼어들 틈이 없었다는 것을 의미한다.

'번뇌'라는 말은 집착 혹은 속세를 의미하지만 넓게 보면 마음을 엉클어뜨리는 모든 것을 뜻하기도 한다. 번뇌를 벗어던진다는 것은 마음속의 잡생각을 극복하거나 이겨낸다는 의미와는 다르다. 우리는 무언가에 열중해서 시간의 흐름을 잊어버리는 천재 과학자들의 얘기를 알고 있다. 그들은 자신이 원하는 것을 얻기 위해서 시간이 지나가고 배가 고프거나 피곤하다는 사실을 잊어버렸다. 그들이 천재이기 때문에 가능했던 일이 아니다. 단지 자신이 어디까지 노력해야만 한다는 사실을 알고 있었기 때문이다.

노력하지 않는 것은 자기 인생을 규정짓는 모든 것들을 놓아버리거나 다른 사람에게 맡겨버리는 것을 의미한다. 그런 삶에서는 한 조각의 의미도 찾아볼 수 없다. 우리는 어떤 삶을 살아가는지조차 모른 채 인생을 지내오고 있다. 같지만 다른 이 길을 똑같은 인간이 걷고 있다는 사실은 무엇을 의미할까? 오공 선사와 우리는 다른 존재가 아니다. 같은 감정과 의식의 흐름을 느끼는 인간이다. 단지 그것을 무엇에 집중하고 쏟아붓는지가 다를 뿐이다. 번뇌에서 벗어나기 위해 번뇌를 잊은 오공 선사처럼 우리도 노력하고 있다는 사실을 잊어버릴 만큼 노력해야 하지 않을까?

꽃 한 송이에서 잎사귀 다섯이 생겼으니
열매는 자연스럽게 맺힐 것이다.

_달마 선사

혜가 선사가 인도 출신의 달마 선사에게 중국에까지 와서 불법을 전한 연유를 물었다. 그러자 달마 선사는 부처의 가르침을 전해 방황하는 무리를 구원하기 위함이라 말하며 위의 얘기를 덧붙였다.

나를 통해 비로소 불법이 중국땅에 퍼질 것이란 말인가? 아니면 내 할 일을 다 했으니 결과를 지켜볼 뿐이라는 말인가? 자만심 또는 겸손함, 어쩌면 둘 다인지도 모르고 또 여러 다른 해석도 가능하지만, 나는 '열심히 노력하고 결과를 겸허하게 받아들여라' 정도의 의미로 이해한다.

1592년 5월, 전라좌수사 이순신 장군이 판옥선 24척을 이끌고 출격했다. 4월에 부산에 상륙해서 파죽지세로 진격하는 일본군을 막기 위해서다. 당시 이순신 장군은 관할 지역을 벗어나야 하는데다가 전력이 너무 약해 출정을 고민했다. 하지만 일단 출정하기로 결심한 이후에는 승리를 거두기 위해 준비하고 또 준비했다. 도망병을 처형하여 단호한 의지를 보이고 정찰을 철저히 해 옥포포구에 있는 일본 수군을 발견했다. 전투에 나선 이순신 장군은 망령되이 움직이지 말고 산처럼 무겁게 침착하라는 지시를 내렸다. 조선 수군은 옥포해전에서 일본 수군 26척을 격파하고 첫 번째 승리를 거두었다. 빈틈없는 준비와 마음가짐으로 나섰기 때문에 이길 수 있었던 것이다.

노력의 진정한 가치는 잠재력을 최대로 끌어올려 스스로의 존재를 증명하는 것이다. 살아가는 이유는 여러 가지며 나름대로 그 모든 것들이 중요할 테지만, 자신이 남과 다르다는 것을 보여주고 싶어 하는 욕구 역시 꽤 중요한 부분을 차지한다. 역사를 돌이켜보면 적지 않은 사람들이 전쟁이나 혁명, 혹은 문학이나 예술로 자신의 흔적을 남겼다. 오늘날 우리는 역사 수업에서 이들의 행동과 발언들을 배우고 연구하고 분석한다. 물론 우리 모두가 그런 성공을 거두는 것은 불가능하지만 노력을 통해서 자신만의 의미 있는 흔적을 남기는 것은 가능하다.

어쩌면 우리는 타인의 성공을 질투하고 나의 실패에 분노하는 열등감과 분노의 결정체인지도 모른다. 그래서 스님들은 인간의 감정을 아무것도 없는 상태로까지 이끌어야만 해탈의 길이 보인다고 역설했다. 아무것도 가지지 말라는 불교의 가르침은 종종 무소유, 혹은 좋은 것도 나쁜 것도 다 필요 없다는 무념의 상태로 이어지기 때문에 오늘의 자본주의와는 맞지 않는다는 얘기를 종종 듣는다. 하지만 번뇌를 버려야 한다는 가르침은 너무나 많은 것을 짊어지고 살아가는 현대인들에게 반드시 필요한 얘기다.

피겨 여왕으로 불리는 김연아 선수는 미국 <NBC 스포츠>와의 인터뷰에서 온 국민의 기대에 큰 부담을 느껴왔지만 이제는 즐기면서 스케이팅을 하고 있다고 했다. 결과에 대한 압박감을 느끼는 대신 최선을 다했으니 부담 없이 마지막 무대에 서겠다는 그녀의 말에서 나는 당찬 각오를 느꼈다.

우리가 노력을 하지 못하는 이유는 결과에 대한 두려움 때문이다. 직장을 비롯한 사회생활의 법칙 중 하나는 실력대로 결과가 나오지 않는다는 것이다. 학연을 비롯한 이런 저런 이유로 더 많은 노력을 기울였음에도 원하는 결과가 나오지 않거나 경쟁에서 패하는 경우가 너무나 많다. 체념할 수밖에 없지만 이런 상처들이 차곡차곡 쌓이면서 노력은 사라지고 냉소와 증오가 자라난다.

노력은 남과 경쟁하기 위해서뿐만 아니라 자신의 위대함을 증명하기 위해서도 발휘해야 한다. 우리는 비록 학교와 직장에서 매일 경쟁에 시달리면서 폄하당하고 있지만 모두가 특별한 존재이다. 같은 학교를 다니면서 같이 배웠지만 같은 인생을 사는 사람들은 아무도 없다. 한 송이 꽃에서 여러 개의 잎사귀가 나오고, 그것이 다시 열매로 만들어지는 것처럼 스스로의 특별함을 품은 채 각자의 길을 가는 것이다.

대나무 그림자가 뜰을 쓸어도 먼지 하나 일지 않고,
달이 물 밑을 뚫어도 물 위에는 아무런 흔적이 없다.

_야보 선사

야보 선사가 남긴 멋들어진 시구다. 아마 앞마당에서 자라는 대나무의 그림자가 길게 드리워지고, 둥근 달이 잔잔한 연못 위를 비추는 광경을 보면서 그 감상을 시로 지었을 것이다. 대나무 빗자루가 아닌 대나무 그림자가 아무리 흔들린다 한들 먼지가 일어날 리 없고, 달빛이 물의 표면을 관통해서 바닥까지 내려간다고 해도 겉으로 보기에는 알 수 없는 노릇이다.

시인이 당연한 것을 신기한 것, 혹은 그렇게 되지 못해서 슬픈 것 같은 뉘앙스의 시를 남긴 이유는 무엇일까? 그것은 눈에 보이는 것을 믿는 것이 아니라 평온하고 잔잔한 자신의 마음으로 세상을 바라봐야 한다는 얘기가 아닐까 싶다. 이 시에서 말하는 대나무 그림자는 단순히 대나무를 가리키기도 하지만 동시에 그것을 바라보는 생각의 무게이기도 하기 때문이다.

세상에는 눈에 보이지 않는 법칙들이 존재한다. 그 법칙들 중에는 마땅히 따라야 할 것들도 있지만 버려야 할 것들도 많이 있다. 우리가 버려야 할 것들 중 하나가 바로 기울어진 생각이다. 사람은 누구나 보고 싶은 것만 보는 버릇이 있다. 그래서 같은 사물을 봐도 그것을 바라보는 생각이 더해지면서 다른 결정들이 내려진다. 인간은 모두 이런 이치에서 자유로울 수 없다. 하지만 왜곡되지 않은 시선으로 바라보기 위해서는 똑바로 바라보려고 하는 노력이 필요하다. 대나무가 아무리 비바람에 흔들린다고 한들 부러지지 않는 것은 굳건한 뿌리와 유연한 마디 때문이다.

사람 역시 생각이 구부러지지 않기 위해서는 부단한 노력이 필요하다. 많은 지식은 왜곡된 시선을 불러오는 잘못된 생각 대신 다양한 지식들을 담을 수 있도록 머리를 비워주는 역할을 한다. 따라서 한쪽으로 쏠릴지언정 언제든 제자리로 돌아온다. 얄팍하고 눈치 빠른 사람이 앞서가는 것은 이런 법칙에 통달했기 때문이라고 한다. 그런 사람을 보고 배우면서 뒤따라가는 것이 맞는지, 아니면 나만의 법칙대로 세상을 살아가는 것이 맞는지는 아무도 장담할 수 없다.

하지만 비바람이 아니라 태풍이 몰아치는 세상을 아무런 원칙 없이 이리저리 맞추다보면 자신의 뿌리가 어디인지, 그리고 무엇을 위해 휘어졌는지조차 잊어버리게 된다. 균형을 잡기 위해 노력하는 것은 세상을 바라보는 안목을 기른다는 의미다. 나에게 필요한 원칙과 그렇지 않은 것들을 골라내기 위해서 말이다.

멕시코의 초현실주의 화가인 프리다 칼로는 삶과 작품 모두 세상의 법칙을 따르지 않았다. 그녀는 열여섯이라는 어린 나이에 겪은 끔찍한 교통사고로 인해 육체의 불균형을 얻었지만 예술로 그 상처를 지워냈다. 그녀가 그냥 환자처럼 누워 있거나 자신의 운명을 저주하기만 했다면 오늘날 예술가 프리다 칼로는 존재하지 않았을 것이다. 그녀는 여성과 환자라는 세상의 굴레를 벗고 자신의 상처를 표현한 그림들을 그렸다. 이런 노력은 프리다 칼로를 불멸의 화가로 자리매김하게 만들었다.

4장

반성에 대하여

사슴을 쫓으면 산을 보지 못하며,
돈을 노리면 사람을 보지 못한다.

_지우 선사

남송 때의 지우 선사가 쓴 『허당록虛堂錄』에 나오는 구절이다. 성공에 눈먼 속세 사람들에게 더 크고 더 멀리 보라는 말씀이다. 성공하려면 뒤는 물론 좌우도 둘러보지 말고 앞만 보며 나아가라고들 한다. 한마디로 미래에 집중하라는 얘기다. 틀린 말은 아니다. 하지만 그 성공이 인생의 전부가 아니라면, 그 와중에 벌어진 일들이 언젠가 발목을 잡을 수도 있다. 다시 말해, 당장의 성공이 훗날 실패의 원인이 될 수도 있다.

우리는 누군가의 빛나는 성공이 또 다른 이의 피눈물 나는 패배라는 점을 종종 잊고 산다. 중국 춘추시대의 오나라 왕 부차가 그랬다. 아버지인 합려가 월나라 왕 구천에게 패배하고 치욕스러운 죽음을 당하자 복수를 꿈꾼다. 부차는 유능한 책사 오자서를 영입하고 딱딱한 땔나무 위에서 잠을 청하면서 힘을 길렀다. 그리고 결국 월나라를 크게 격파하고 아버지의 복수에 성공했다.

그런데 부차는 오자서의 반대를 무릅쓰고 항복한 구천을 살려두는 실수를 저지른다. 자신의 성공에 자만해진 것이다. 거기다 구천의 책사 범증이 보낸 미녀 서시에게 푹 빠져 경계심마저 풀어버린다. 그사이, 구천은 쓰디쓴 곰의 쓸개를 핥으면서 차근차근 복수를 준비한다. 결국 구천이 이끄는 월나라 군이 오나라를 침공하고, 부차는 크게 패배하고 만다. 좌절한 부차는 결국 스스로 목숨을 끊는다.

승리자가 성공에 취해 있는 동안 패배자는 쓰디쓴 실패를 곱씹으면서 복수할 기회를 노린다. 성공에 중독되어 주변을 둘러보지 못하면 자신도 모르는 사이에 점점 인간과 멀어지게 된다. 우리는 인간이기 때문에 인생 전체의 승리자가 되지는 못한다. 인간은 무릇 크고 작은 성공과 실패를 거듭하면서 살아가게 마련이다. 따라서 성공할 때 실패를 떠올려야 하고, 실패했을 때 성공을 기억해야 균형을 잡을 수 있다.

남의 몸에 난 큰 상처보다 내 손톱 밑에 박힌 가시가 더 고통스러운 법이다. 하지만 다른 사람을 외면하고 성공에 중독되는 순간 실패의 그늘이 찾아온다. 절망과 좌절 앞에 선 사람에게 따뜻한 위로의 말 한마디를 건네는 것을 잊어버린 삶이 과연 성공의 축배를 만끽할 자격이 있을까? 성공의 순간 주변을 돌아보고 반성해야 하는 진정한 이유는 그것에 취해버릴수록 주변을 돌아보는 법을 잊어버리기 때문이다. 성공에 집착하고 그것만 보는 순간 실패는 유령처럼 찾아온다. 몇 배나 더 가혹하게.

네 발밑을 보라.

_조주 선사

누군가 조주 선사에게 물었다.

"달마가 서쪽에서 온 까닭이 무엇입니까?"

조주 선사가 대답했다.

"네 발밑을 보라."

다른 사람을 통해 얻고 깨닫기 전에 자기 자신을 돌아보라는 가르침이다. 수행에는 위대한 스승의 가르침뿐만 아니라 스스로 돌아보고 반성하는 자세 역시 필요하다는 말이다.

사람들은 사회성이 부족하거나 인간관계에 서툰 사람들을 보면

'스스로를 돌아보라'고 충고를 한다. 성격에 문제가 있어서 따돌림을 당한다는 것이다. 충고에 더해 어디서 보고 들은 지식 또는 전문가의 책을 들추며 문제를 해결하는 방법까지 알려준다.

그러나 인간성의 문제는 충고나 다독거림으로 단번에 고칠 수 있는 것이 아니다. 인간관계에서 문제나 잘못이 반드시 나에게만 있다고도 볼 수 없다. 물론 성격이 모나고, 자기중심적이며, 참을성이 부족하기 때문에 따돌림을 받을 수는 있다. 하지만 이 세상에 성격적 결함이 없는 인간은 아무도 없다. 단지 타인이 꺼리는 자신의 성격을 얼마나 잘 제어하고 드러내지 않느냐일 뿐이다. 그것은 충고 몇 마디나 책 몇 권이 아닌 직접 세상을 겪어본 다음에야 깨달을 수 있는 문제다.

자기 자신을 돌아보라는 말은 이런 깨달음을 얻은 이후에야 절실히 와닿을 것이다. 사람들은 자신이 남들보다 뒤처지는 게 아닐까, 친구나 동료들에게 인정받지 못하는 건 아닐까 하는 불안감에 끊임없이 시달린다. 이런 불안감을 없애는 가장 좋은 방법은 지금 자신의 상태를 냉정하게 돌아보는 것이다. 가진 게 없어서 또는 보여준 게 없어서 내가 외면당하는 것이라고 인정하면 불안감은 어느 정도 덜 수 있다.

나는 비교적 늦은 나이에 바리스타에 도전했다. 처음 일을 시작했을 때 내 동료들은 모두 나보다 열 살 정도 어린 친구들이었다. 나는 어린 동료들에게 얕잡아 보이고 싶지 않았지만 그들보다 경험과 실력이 뒤떨어졌기 때문에 실수를 거듭했고 잠이 안 올 정도로 스트레스도 받았다. 그러나 결국은 내가 먼저 도움을 요청해야 한다는 사실을 인정했다.

그다음부터는 쉬워졌다. 커피 만드는 실력에서는 뒤처졌지만 인생은 내가 더 오래 살았고, 직장생활 경험도 더 많았기 때문이다. 어린 동료들의 연애상담부터 인생코치까지 해주면서 가까워지기 시작했다. 결국 내가 먼저 동료로 다가가자 그들도 나를 동료로 대해줬다. 당시에는 몰랐지만 내 인생을 바꾼 중대한 결심이자 도전이었다.

우리는 은연중에 기대하는 것이 있기 때문에 타인과의 관계에 대해서 실망하거나 좌절한다. 그런 기대감을 갖지 않으면 모든 속박에서 자유로울 수 있다. 아무리 속으로 다짐하고 생각해도 그런 기대감이나 감정들이 사라지지 않는다면 조주 선사의 말을 떠올려보자. 발밑에 아무것도 없다면 누군가 쳐다볼 이유가 없다.

그렇다고 실망은 금물이다. 아무것도 없던 그곳에 무엇을 채워 넣느냐에 따라 사람들의 보는 눈이 달라질 테니까. 인생은 60부터 시작하는 것이 아니다. 대학졸업장을 손에 쥔 이후나, 첫 직장에 들어갔을 때도 아니다. 내 안에 무엇을 채우느냐부터 시작된다.

빛을 돌이켜 거꾸로 비춘다.

_임제 선사

불교는 모든 것이 나의 마음에서 시작된다고 보는 까닭에 개인적 수양을 중요시한다. 훌륭한 스승에게 배우거나 수십 년간 참선을 한다 해도 스스로 터득하지 못하면 득도하지 못한다. "빛을 돌이켜 거꾸로 비춘다"라는 말은 자기 자신을 돌아보라는, 다시 말해 반성하라는 뜻이다.

임제 선사의 말씀을 인간관계에 적용해보자. 최근 우리 사회에는 인간관계를 재산쯤으로 여기는 경향이 있다. 어떻게 해야 인맥을 잘 쌓고 유지할 수 있는지에 관한 방법이 강연과 책으로 마치 비밀처럼 전수된다. 하지만 대부분의 사람들에게 너를 내 성공의 발판으로 만들고야 만들겠다는 야망은 어설픈 연기 탓에 상대방에게 금방 간파 당한다. 언젠가 도움이 필요할지 모르기 때문에 들어놓은 보험성 인맥 역시 정작 필요할 때는 쓸모없는 경우가 많다.

상대방 역시 바보가 아닌 이상 적잖은 사회생활을 통해 도움이 되는 사람과 그렇지 않은 사람을 분간해낼 줄 안다. 그래서 친근하게 전화를 걸어 안부를 물어도 상대방은 대뜸 뭔가 바라는 게 있어서 이러는 것이라고 쉽사리 간파해버린다. 그게 아니라고 해도 지금 이 사람이 나에게 도움이 될 것인가 아닌가를 저울질하고 거기에 따른 판단을 내린다.

청춘들에게 가혹한 세상이다. 그래서 아프니까 청춘이고, 천 번을 흔들려야 어른이 된다고 얘기한다. 하지만 청춘이라는 이유만으로 남들보다 더 고난을 겪어야 하고 아픔을 당해야 할 이유는 없다.

반성하지 않는 사람이 아픔을 겪고, 천 번을 반성해야 진정한 어른이 된다. 나이가 들면서 철이 드는 것은 나이와 절대적인 상관관계가 없다. 다만 사회를 많이 겪으면서 스스로 감추는 법을 터득했기 때문이다. 인간관계든 사회생활이든 어떻게 하는 게 옳은 것인지 정답은 없다. 영화나 드라마에서는 굳게 잠긴 문을 만능열쇠로 열 수 있지만, 인생을 잘 풀리게 해주는 만능열쇠 같은 건 없다.

반성은 막힌 열쇠구멍같이 답답한 인생에서 한 줄기 빛이 되어준다. 사람들이 반성하지 않는 이유는 자기 자신의 패배를 인정하는 순간 모든 것을 잃을지 모른다는 두려움 때문이다. 하지만 삶이 나아가기 위해서는 반드시 자기 자신을 밟고 지나가야 한다. 그래야 살아가면서 또 다시 자기 자신을 밟고 지나가는 불행을 겪지 않는다.

바람도 깃발도 흔들리는 것이 아니다.

_혜능 선사

절 마당에서 두 스님이 입씨름을 벌이고 있었다. 펄럭거리는 깃발을 두고 바람 때문이냐 깃발 때문이냐 논쟁을 벌인 것이다. 이 모습을 지켜보던 혜능 선사가 말했다.

"바람도 깃발도 흔들리는 것이 아니다."

그가 말한 것은 아마도 '진정 흔들리는 것은 너희의 마음이며, 모든 것의 시작은 바로 너희 마음속에 있다'가 아닐까 싶다.

세상은 많은 사람들의 생각과 행동의 결과물이다. 그리고 그것은 깃발 혹은 깃발을 나부끼게 하는 바람처럼 쉴 새 없이 움직인다. 오늘날은 정보가 통제되던 과거와는 비교할 수 없을 정도로 언론 매체도 늘어났고 SNS를 통해 전해지는 얘기들도 많아졌다. 대량의 정보를 자유롭게 접하면서 젊은 세대의 행동양식과 의식구조에도 많은 변화가 생겼다. 그들은 더욱 주체적이면서 명확해진 사고방식을 가지게 되었다.

하지만 정보의 홍수는 오히려 사람의 행동을 위축시키거나 올바르지 않는 방향으로 끌고 가는 부작용을 낳기도 한다. 연예인에 관한 루머나 북한이 선전포고를 했다는 뉴스 같은 거짓된 소문을 퍼트리는 식으로 말이다. 한 번만 곰곰이 생각해봐도 말도 안 되는 얘기들이 급속도로 퍼지고 있다는 것은 넘쳐나는 정보가 오히려 독이 될 수도 있다는 사실을 보여준다.

정보는 정보일 뿐 그것이 가치 판단을 결정해주지는 않는다. 정보를 받아들이는 사람의 가치관이 그것의 값어치를 결정하고 축적한다. 따라서 자신의 입맛에 맞지 않는 정보는 버리기 일쑤다. 두 스님의 논쟁은 바로 이 때문이다. 한 명은 눈에 보이지 않지만 바람을 느꼈기 때문에 깃발이 흔들리는 것은 바람 때문이라고 확신했다. 그러나 다른 한 명은 바람이 눈에 보이지 않는 것과 달리 깃발이 움직이는 것은 눈에 보였기 때문에 반대의견을 내놓았다. 눈에 보이는 현상은 하나인데 정반대의 주장들이 나온 것은 눈에 보이는 정보를 받아들이는 태도와 자세가 달랐기 때문이다. 옆에서 지켜보던 혜능 선사는 그런 상황을 꿰뚫어보고 두 사람의 마음이 문제라는 해답을 내렸다.

수행정진해야 하는 불가에서 내 마음을 어떻게 지키느냐가 중요한 일이듯이 속세에서도 흔들리지 않는 나만의 올바른 원칙을 가지고 살아가야 한다. 어떤 삶을 살아야 하느냐는 굉장히 중요하지만 또한 모호한 일이기도 하다. 돈을 많이 벌거나 출세하는 것이 성공한 삶일 수도 있고, 화목한 가정과 잘 큰 자식들을 옆에 두는 것도 분명 행복한 삶의 범주에 들어간다.

이 모든 길의 시작은 바로 마음이다. 어떻게 살아가야 하는지, 무엇을 위해 살아갈 것인지를 결정한 삶과 그렇지 못한 삶의 궤적은 명백하게 다르기 때문이다. 올바른 길을 걷기 위해서는 항상 자기자신을 돌아보고 반성하는 자세가 필요하다. 우리는 늘 틀릴 수 있지만, 틀렸다는 사실을 인정하지 않을 때가 많다. 반성하는 자세와 마음가짐은 이런 잘못된 판단과 결정, 그리고 그것들로 인해 벌어질 수 있는 참담한 실패들을 피하게 해준다. 자동차를 운전할 때 장애물을 피하면서 안전운전을 해야 하는 것처럼 인생 역시 오판과 실수라는 장애물을 피해야 한다. 그런 장애물을 피하게 해주는 경고장치가 바로 '반성'이다.

어떤 일에나 집착하지 않는 마음을 가져라.

_『금강경』

'승자의 저주Winner's Curse'라는 법칙이 있다. 인수합병 등 기업이 덩치를 키우려다가 오히려 더 큰 손해를 보는 것을 일컫는다. 과도한 경쟁과 미래 가치에 대한 과신이 불러온 재앙이다. 한 예로, 2007년 극동건설을 무리하게 인수했던 웅진그룹은 오히려 자금 압박에 몰리면서 알짜배기 자회사인 웅진 코웨이를 매각해야 했다. 대기업의 사례까지 갈 필요도 없이 눈앞의 작은 성공에 취해 있다가 더 큰 성공을 놓치거나 곤경에 처하는 일은 보통사람의 현실에서도 자주 벌어진다.

후삼국시대 떠돌이 승려 궁예는 차근차근 힘을 모아 커다란 세력을 키운다. 그리고 결국 후고구려를 세워 한반도 중부 일대를 장악한다. 하지만 급속도로 세력이 성장하자 궁예는 스스로 미륵불을 칭하고 사람의 마음을 들여다볼 수 있다는 관심법으로 부하들과 백성들을 괴롭힌다. 영토가 커지고 백성이 늘어나면 법을 만들고 관료제를 정비해야 하는데 그 대신 자신의 능력을 과신했던 것이다. 결국 부인과 아들까지 죽이는 궁예의 광기에 질린 부하들은 왕건을 중심으로 봉기를 일으킨다. 왕좌에서 쫓겨난 궁예는 비참한 죽음을 맞이한다.

작은 성공에 매달리는 이유는 그것밖에 보지 못하기 때문이다. 주변도 좀 살펴보라는 충고를 들어도 귀를 기울이지 않는다. 대부분의 실패는 이 집착과 깊은 관계가 있다. 집착은 균형감각도 상실하게 만들어 자신이 지금 어떤 상황에 처해 있는지, 그리고 지금 해야 할 일이 무언지를 잊어버리게 만든다. 실패하고 나서도 반성하는 마음을 갖지 못하게 만든다.

삶이 경이로운 것은 객관적으로 보면 실패할 수박에 없는 일이 성공하거나 도저히 이룩할 수 없는 성과들이 눈앞에 나타나기 때문이다. 성공이 반드시 회사에서의 승진이나 금전적인 보상 같은 것만을 의미하지는 않는다. 인간으로서 좀 더 나은 모습, 타인의 존중과 배려를 불러올 수 있는 마음가짐 등이 모두 포함된다. 집착은 실패의 원인을 반성하지 못하게 하여 이 모든 성공으로부터 멀어지게 한다.

우리가 가진 가장 큰 착각은 '나는 해도 괜찮다'는 생각이다. 그래서 내가 무단횡단을 하는 것은 시간이 급해서 어쩔 수 없는 일이고, 타인의 무단횡단은 준법정신이 부족한 것이라고 비난한다. 이런 불균형한 시각은 전적으로 집착하는 자세와 반성하지 않는 태도 때문이다.

집착을 버리면 생각이 변하고, 생각이 변하면 반성을 하는 마음을 가지게 된다. 자신이 걸어온 길을 돌아보며 반성하는 것은 성공과 실패를 나누는 정도가 아니라 인생을 어떻게 살지 결정짓는 중요한 문제다. 큰소리를 내야 살아남을 수 있는 세상이 되었지만 내면은 솜사탕처럼 부드러워야 한다. 그래야만 온갖 실수와 실패를 반성하고, 한 걸음 더 나아갈 수 있기 때문이다.

어려운 일을 겪어야만 그 사람의 마음을 알 수 있다.

_지우 선사

지우 선사의 말씀을 기록한 『허당록』에 나오는 문장이다. "눈이 온 다음에야 소나무와 잣나무의 지조를 알 수 있다"는 말을 들어봤을 것이다. 이 말과 함께 동안거의 해제 법어로 종종 언급된다. 눈이 내려 세상의 모든 꽃과 나무가 시들어버린 다음에도 소나무와 잣나무가 꿋꿋하게 버티는 것처럼 역경과 고난을 겪어봐야 그 사람의 진면목을 알 수 있다는 말이다. 우정을 말할 때도 인용되곤 하는데, 그럼 누군가의 친구이기도 한 당신은 어떨까?

미국의 인기 드라마 〈워킹데드The Walking Dead〉는 바이러스가 퍼지면서 인간이 좀비가 되어버린 세상을 그리고 있다. 이 드라마가 시즌을 거듭하며 선풍적인 인기를 끌고 있는 것은 아이러니하게도 좀비보다는 '인간'의 얘기를 다루고 있기 때문이다. 즉, 평소와는 다른 환경에 처한 등장인물들이 보이는 행동과 모습이 눈길을 끄는 것이다. 주인공인 릭은 생존자들의 리더로 자리매김하면서 이들을 살리기 위해 애를 쓴다. 하지만 이런저런 사건을 겪으면서 점차 성격이 변해간다. 나는 그의 결정과 판단에 따라 사람들이 죽거나 갈등을 벌이는 모습을 보면서 이 법어를 떠올렸다.

인생을 살아가면서 역경과 고난을 밥 먹듯이 겪을 필요는 없다. 하지만 삶의 고통이 주는 유일한 장점은 바로 사람의 무게를 잴 수 있는 기회를 준다는 것이다. 스스로나 혹은 주변 친구들 모두 말이다. 뜻밖의 난관에 봉착하면 그 사람의 밑바닥까지 드러나는 경우가 많다. 평소에는 냉철한 성격의 소유자가 갑자기 말을 잃을 정도로 당황하고, 이성적인 모습만 보이는 사람이 갈팡질팡한다. 그러다 잘못된 결정을 내리거나 비겁한 모습을 보이기도 하고, 납득하기 어려운 행동을 벌인다. 학교에서의 가르침이나 직장생활의 경험이 살아가는 데 필요한 전부라고 믿는 사람들에 대한 세상의 역습이다.

합리와 충동, 이성과 열정, 사랑과 증오가 실타래처럼 뒤엉킨 세상은 인간들 사이의 규율이나 경험만으로 측정하기에는 너무나 깊고 복잡하다. 그러니 나는 잘해낼 것이라는 편견을 버려야 한다. 세상의 난관은 책이나 TV, 인터넷 검색에서 해답을 찾을 수 없다. 나와 입장이 다른 타인의 충고도 별 쓸모가 없다. 냉철하게 생각하거나 낙관적으로 생각하라는 뜬구름 잡는 얘기 역시 큰 도움이 되지 않는다.

어려움을 돌파하는 유일한 열쇠는 바로 '자신'이다. 사실 우리가 처한 난관은 스스로 불러들인 경우가 많다. 타인에 대한 오만이나 자신에 대한 삐딱한 자부심, 혹은 자신이 가지고 있는 것에 대한 지나친 긍지 같은 것들이 거꾸로 돌아온다는 얘기다. 그러니 난관에 봉착하면 제일 먼저 나 자신에게서 반성할 부분이 있는지 돌아보자.

오래 신어서 망가진 짚신.

_『벽암록』

송나라 때 경전인『벽암록』에 실린 이 문장은 여러 의미로 읽힌다. 수행을 하는 데 세상 지식은 별 소용이 없으니 버리라는 뜻일 수도 있고, 자기 자신을 버림으로써 진정한 자신을 찾아간다는 의미일 수도 있다.

짚신은 쉽게 만들 수 있지만 그만큼 금방 닳는다. 그래서 오래전 먼 길을 떠나는 사람은 괴나리봇짐에 짚신을 주렁주렁 매달고 여행길에 올랐다. 다 떨어지면 그냥 길가에 버렸는데, 아마 누구도 그 낡은 짚신을 거들떠보지 않았을 것이다. 그래서 쓸모없는 물건을 미련 없이 버리는 것을 '헌신짝 버리듯 한다'고 말한다. 그런데 사실 망가진 짚신이 전혀 쓸모없는 것은 아니다. 퇴비로 만들기에 적당하다. 그래서 농부들은 길가에서 낡은 짚신을 발견하면 집에 가져와 퇴비를 만드는 데 보탰다고 한다.

우리는 무의식중에 쓸모 있는 것과 쓸모없는 것을 구분한다. 그것을 효율 또는 능률이라고 부르기도 하는데, 시간과 지식을 효율적으로 써야만 성공한다는 것은 이제 상식에 속한다. 그래서 불편하고 불필요하면 버리는 것이 일상화되었다. 직장에서도 쓸모가 없다고 판단되면 사람을 버린다.

불필요하다고 판단하여 버린 지식과 사람이 정말 망가진 짚신처럼 아무짝에도 쓸모가 없는 걸까? 우리는 어려서 '크면 뭐가 되려고 저러나?' 하는 걱정스러운 눈길을 받았던 위인들을 많이 알고 있다. 아무짝에도 쓸모없다고 손가락질 받던 물건이 훗날 세상을 뒤바꾼 일도 많이 목격했다.

2007년 영국의 오디션 프로그램 <브리튼즈 갓 탤런트Britain's Got Talent>의 예선 무대에 한 사내가 올랐다. 뚱뚱하고 못생긴 이 남성은 휴대폰 판매원 폴 포츠였다. 심사위원들은 크게 기대하지 않았고 관객도 마찬가지였다. 그는 교통사고와 질병으로 고통 받으면서도 자신의 꿈을 포기하지 않았고, 결국 무대 위에서 갈고 닦은 오페라 실력을 선보여 모두를 감동시켰다. 휴대폰 판매원에서 위대한 오페라 가수로 탈바꿈한 순간이었다. 그의 감동적인 이야기는 외모만 보고 대충 쓸모가 있고 없고를 판단했던 세상에 경종을 울렸다.

백년에 조금 못 미치는 인생은 좋은 쪽이든 나쁜 쪽이든 얼마든지 변할 수 있다. 단지 몇 달 혹은 몇 년을 지켜보는 것만으로 쓸모가 없다고 판단하지 말라는 얘기다. 세상은 시소처럼 넘어갔다 넘어오는 일이 반복된다. 시소가 한쪽으로 기울어지면 무수히 많은 것들이 버려진다. 하지만 반대로 넘어가면 예전에 버려졌던 것들이 다시 소중해지곤 한다. 짧은 경험과 시선으로 사람과 세상을 판단하지 말자. 못 쓰는 짚신이 퇴비로 재활용되는 것처럼 버려진 것들이 언제 다시 소중해질지 모르니까.

만족할 줄 알다.

_석가모니

석가모니의 말씀이 기록된 『유교경遺教經』에는 깨달음을 얻기 위한 여덟 가지 방법, 즉 팔대인각八大人覺이 담겨 있다. 만족할 줄 알라는 지족知足은 그 중 하나이며, 나머지도 탐내지 말고, 조용한 삶을 살며, 가르침을 잊지 말라는 등 욕심을 버리고 수련하라는 내용이다.

언제부터인가 우리는 돈과 성공에 너무나 매달린다. 남보다 잘살고 싶어 하고 재물을 모으고 싶어 하는 인간의 욕망을 생각하면 자연스런 일인지도 모른다. 최근 이런 경향이 두드러지긴 했지만 인간은 언제나 그런 존재였다. 그러니 그런 욕망을 자제하라거나 포기하라는 말은 스님들한테나 어울리는 말이다. 하지만 스스로의 성공에 만족할 줄 모르면 가지고 있는 것을 모두 잃는다는 것 또한 명백한 진리다.

우리나라 사람들이 제일 많이 쓰는 말이 '빨리 빨리'라면 두 번째로 많이 쓰는 말은 아마 '조금만 더'일 것이다. 시장에서 물건을 살 때나 음식을 주문할 때도 자주 쓰이지만 성공을 먹어치울 때도 쓰인다. 힘들게 거둔 성공의 결실을 남김없이 챙기는 것이 승자의 당연한 권리처럼 여겨지는 세상에서 스스로 만족하고 멈추라는 얘기는 상당히 어색하다. 하지만 '조금만 더'의 문제는 그 끝이 어딘지 알 수 없다. 눈앞에 보이는 것들을 야금야금 먹어치우느라 눈이 멀어버리면 그 끝에 있는 절벽을 보지 못할 수도 있다.

마틴 스콜세지 감독이 연출하고 레오나르도 디카프리오가 주연을 맡은 <더 울프 오브 월 스트리트The Wolf of Wall Street>는 늑대라는 별명으로 불린 조던 벨포트의 실화를 다루고 있다. 주가 조작으로 일확천금을 번 주인공은 만족하지 않고 더 많은 돈을 벌기 위해 탐욕을 부리다가 결국은 몰락의 길을 걷게 된다. 성공에 취해서 그 뒤에 있는 실패라는 절벽을 보지 못한 것이다.

성공과 실패는 늘 붙어 다니는 법이다. 그래서 성공이 실패로 둔

갑하기도 하고, 실패가 성공을 불러오기도 한다. 발명가와 탐험가에게 도전은 포기할 수 없는 과제이지만, 일상생활에서 우리는 적당히 만족할 줄 알고 반성하는 자세를 가져야 한다.

한 사람의 성공은 온전히 그의 몫이 아니다. 물론 당사자의 능력이 가장 중요하겠지만 주변의 도움과 응원 역시 필요하다. 그러나 성공에 도취해서 균형을 잃어버리면 이런 것들을 잊게 마련이다. 이렇게 주변을 돌아보지 못한 대가는 훗날 참혹하게 치르게 된다. '만족할 줄 알라'는 석가모니의 가르침을 소극적이거나 머뭇거리라는 의미가 아니라 성공 후 찾아오는 오만함을 경계하고 반성하라는 의미로 받아들여보자.

물질에 정신이 팔려서 자신을 잊어버리다.

_『벽암록』

명상에 깊이 잠겨 있던 석가모니에게 한 청년이 헐레벌떡 뛰어와 물었다.

"혹시 이 근처에서 여자 못 봤습니까? 내 돈을 훔쳐서 달아났는데 어디로 갔는지 모르겠어요."

이에 석가모니는 조용히 눈을 뜨고 물었다.

"돈을 찾는 것과 자기를 찾는 것 중 어느 쪽이 중요한가?"

청년이 뜻밖의 물음에 어리둥절해하자 석가모니는 도로 명상에 잠겼다.

요즘 같으면 도둑과 한패 아니냐는 오해를 받거나 약 올린다며 멱살 잡히기 좋은 물음이다. 우리 사회에서 돈이 인생의 전부가 아니라는 말은 사실상 폐기처분된 지 오래다. 인생을 즐기려면 돈이 있어야 한다는 것은 세 살짜리 어린아이도 아는 사실이다. 세상이 이러한데 물질적 풍요를 등지고 나 자신을 찾으라니, 뜬구름 잡는 얘기처럼 보인다. 그럼 풍요롭게 살려면 얼마만큼의 돈이 필요하냐는 물음에 누가 자신 있게 대답할 수 있을까? 정답에 가까운 얘기는 아마 '많으면 많을수록'일 것이다.

권력도 비슷하다. 그래서 멈출 수 없게 되면 파멸을 맞이한다. 잉글랜드의 호국경 올리버 크롬웰처럼 말이다.

시작은 저항이었다. 찰스 1세가 의회를 무시하고 독단적으로 정치를 하자 이에 대한 반발이 일어났다. 결국 잉글랜드는 왕당파와 의회파가 내전을 벌였다. 처음에는 찰스 1세가 이끄는 왕당파가 유리했지만 크롬웰이 이끄는 철기군이 등장하면서 전세가 역전됐다. 그리고 결국 찰스 1세가 항복하면서 의회파가 승리했다.

하지만 크롬웰은 독재자의 자리에 오르면서 의회를 해산시키고 결국 호국경의 자리에 올라 죽을 때까지 권력을 장악했다. 왕의 압제를 피하려고 저항하다가 스스로 왕의 자리에 오른 것이다. 주변의 조언을 무시하고 권력에 눈독을 들이면서 벌어진 비극이었다.

주변을 둘러보면 가족과 친구들과 벽을 쌓고 오로지 돈만 모으는 사람들을 종종 볼 수 있다. 보통사람들은 상상도 하지 못하는 방법으로 돈을 모으고 있지만 그렇게 모은 돈으로 무엇을 할 것이냐는 물음에 제대로 대답하지 못할 것이다. 왜냐하면 돈을 모으는 것 자체에만 열중했을 뿐 그것으로 무엇을 할지까지는 생각하지 못했기 때문이다. 강요당하는 것이 일상화된 세상은 길을 잃고 방황하기 쉽다. 앞으로 가라고만 외칠 뿐 어디로 가야 하는지 얘기해주지 않기 때문이다.

은그릇 속에 흰 눈을 담다.

_파릉 선사

어느 날 운문 선사의 제자인 파릉 선사에게 한 사람이 찾아와 물었다.

"제바종이란 무엇입니까?"

파릉은 호남성의 파릉현에서 수행했기 때문에 붙여진 이름이다. 파릉 선사는 잠깐 생각한 뒤 대답했다.

"하얀 은그릇에 담긴 하얀 눈이지."

여기서 제바종이란 삼론종을 뜻하기도 하고 단순히 선에 대한 질문일 수도 있다. 어쩌면 어떤 인생을 살아야 하는지 묻는 것일 수도 있다.

하얀 은그릇에 흰 눈을 담으면 그릇과 눈이 제대로 구분되지 않는다. 하지만 아무리 비슷하거나 심지어 똑같이 보인다고 해도 은그릇과 눈은 본질적으로 다른 존재다. 은그릇과 흰 눈은 똑같아 보이지만 다르고, 다르면서도 같다.

파릉 선사의 대답을 이해하자면 눈으로는 같아 보이지만 다를 수 있고, 다른 것이지만 눈으로는 구분할 수 없는 것이 존재한다는 의미일 터이다. 이렇듯 선승들은 해탈의 경지와 그것에 도달하기 위해 수행하는 마음은 같으면서도 서로 구분된다고 말한다. 집착해야 하지만 집착하지 말아야 하고, 부정해야 하지만 부정할 수 없어야 진정한 해탈의 길에 접어든다는 뜻이리라.

우리는 목표의식이 집착으로 변하고, 순수한 열정이 욕심으로 탈바꿈하는 경우를 많이 본다. 처음의 생각이 달라진 것은 아마도 마음속에 잠들어 있던 욕심이라는 괴물이 눈을 떴기 때문일 것이다. 돌이켜보면 갓 태어났을 때, 그리고 어렸을 때 욕심을 품은 사람은 없었을 것이다. 그러다 남들과 경쟁해야만 원하는 걸 얻을 수 있다는 사실을 깨닫고서는 서서히 욕심에 눈을 뜨게 된다. 내가 남들보다 더 많은 성과를 얻을 수 있고, 성공의 열매를 독차지할 수 있다는 아집은 짧은 성공을 가져올 수는 있지만 결국 욕심이라는 괴물에 지배당하게 만든다.

내려놓아라.

_조주 선사

엄존자라고도 불리는 엄양 스님이 조주 선사에게 물었다.

"모든 것을 버리고 아무것도 가진 게 없을 때는 어떻게 해야 합니까?"

그러자 조주 선사가 대답했다.

"버려야 하네."

해탈을 위해서 속세의 번뇌를 내려놓으라는 일갈이다. 사전적인 의미는 내려놓으라는 뜻이지만 미련을 버리거나 마음을 비우라는 뜻도 된다. 조주 선사는 엄양 스님에게 아무것도 가지고 있지 않다는 생각조차 버리는 무념무상의 길로 접어들라고 얘기한 것이다.

우리는 흔히 '마음을 비웠다', '욕심을 버렸다'라는 말로 자신의 진심을 전달하려고 애를 쓴다. 특히 정치인들이 입버릇처럼 말한다. 하지만 속세를 등지고 수십 년간 수행을 한 스님들도 버리지 못한 것이 바로 욕심이다.

사람은 살아가면서 계속 욕심이라는 짐을 짊어지게 마련이다. 학교에서 공부를 하면서, 졸업을 하고 직장생활을 하면서 세상이 말하는 성공이라는 것에 매달리게 된다. 겉으로는 겸손한 척하지만 그것 역시 성공을 위한 도구가 된 지 오래다. 그럴수록 반성 혹은 자신을 돌아보는 기회는 적어진다.

흔히 반성을 자신의 잘못을 공개적으로 인정하는 것으로만 본다. 세상은 반성은 곧 실패이고, 그 창피함과 굴욕감을 잊기 위해서는 더 노력해야 한다고 말한다. 하지만 반성의 진정한 의미는 자신을 돌아보고, 비우고, 내려놓음으로서 더 많은 것들을 채울 수 있는 역량을 쌓아간다는 점이다.

우리가 스님들처럼 마음을 비우고 욕심을 내려놓아야 하는 이유는 단순하다. 성공을 갈망하는 마음은 한도 끝도 없지만 채울 수 있는 공간은 한정되었기 때문이다. 지나온 역사는 물론이고 우리 주변에는 턱없는 욕심을 감당하지 못해 쓰러지는 사람들이 많이 있다. 너무 많은 짐을 짊어지면 가다가 쓰러지는 것이 당연하다.

반성은 내가 너무 많은 짐을 짊어지지 않도록 돌아보게 만들어준다. 그러므로 내려놓으라는 조주 선사의 말은 무소유를 강조하는 불교의 언어이지만 동시에 욕심을 버리라는 속세의 언어이기도 하다. 욕심은 두려움의 끝에서 생기는 법이다. 누가 나의 것을 빼앗아 갈지 모르고, 언제 실패할지 모른다는 생각이 더 많은 욕심을 불러오고, 감당할 수 없는 짐을 짊어지게 만들어버린다. 그리고 실패하는 순간 모든 것을 포기해버린다. 반성은 인생의 균형을 잡아주는 무게 추이자 실패를 맛보지 않게 해주는 예방주사다.

목이 마르면 차를 마시고, 피곤하면 잠을 잔다.

_나옹 화상

고려의 고승 나옹 화상이 차에 관해서 쓴 시의 맨 마지막 구절이다. 나옹 화상은 인도 출신의 지공 화상에게서 가르침을 받으면서 자연스럽게 차를 접했던 것으로 보인다.

오래전부터 스님들은 차를 마시면서 삶에 대해 더 깊이 성찰할 수 있었다. 특별한 뜻이나 마음가짐을 가지고 마셨기 때문이 아니다. 그저 차를 마시는 것을 자연스럽게 여겼기 때문일 터이다. 만일 그들이 피곤한 몸을 추스른다거나 흐트러진 정신을 가다듬기 위해 각오를 단단히 하고 엄격한 예법에 따라 마셨다면 이런 깨달음을 얻을 여유가 없었으리라.

오늘날 우리는 옛날과는 비교할 수 없을 정도로 많은 차와 커피를 접할 수 있게 되었다. 하지만 스님들이 차를 마시면서 느꼈던 여유와 차분함은 찾아볼 수 없다. 카페는 시끄러울 정도로 수많은 말들이 오고가지만 사람들 표정에서는 고독함만이 느껴진다. 차와 커피, 만남과 말이 주는 풍요로움이 마음을 충족시켜주기에는 부족한 것이다.

우리는 바쁘게 사는 것을 열심히 사는 것이라고 착각한다. 스쳐 지나간 것에 미련을 두지 않음을 잘한 일이라고 믿는다. 조용하고 차분하면 무시당하기 일쑤라고 지레짐작한다. 그러나 삶을 돌아보지 않는 것은 앞을 제대로 볼 수 없다는 것을 의미한다.

우리는 삶이 특별해야 한다는 강박관념 속에서 살아가고 있다. 그러나 사실 우리의 삶은 목이 마르면 차를 마시고 피곤하면 잠을 잔다는 나옹 화상의 말처럼 전혀 특별하지 않다. 우리가 성공이라고 믿는 것들을 향한 헛된 손짓이 그런 착각에 빠져들게 만드는 것뿐이다.

지나온 삶을 돌아보고 반성하는 것은 평범한 삶을 더욱 평범하게 만드는 일이다. 특별함에 대한 거듭된 주문은 삶을 치열하게 만들어줄지언정 행복하게는 만들어주지 못한다. 특별함은 더 특별함을 불러오고, 그렇게 계속 남다른 것을 추구해야만 하기 때문이다. 특별함은 결코 성공을 약속하는 주문이 아니다. 오히려 평범한 속에서 자신의 가치를 드러내는 것이 더 많은 성공을 가져올 수 있다.

나옹 화상의 시구를 보면 평범함 속에 담겨 있는 특별함의 힘을 느낄 수 있다. 더불어 자신을 돌아보는 반성이 얼마나 큰 힘을 발휘하는지도 알 수 있다.

나는 하늘에 비추어 특별한 존재가 아니니
어찌 현묘한 뜻을 구할 수 있을 것인가?
단지 마음속에는 한 가지 마음밖에는 없으니
목이 마르면 차를 마시고 피곤하면 잠을 잔다

우리는 특별한가? 평범한가? 아니면 단지 목이 마르고 피곤할 뿐인가?

산에 핀 꽃은 비단처럼 아름답고,
계곡을 따라 흐르는 물은 쪽빛처럼 청아하다.

_대룡 선사

한 스님이 대룡 선사에게 물었다.

"세상의 모든 것은 언젠가 사라집니다. 영원히 사라지지 않는 것은 없습니까?"

그러자 대룡 선사는 앞산과 그 앞의 계곡물을 바라보면서 말했다.

"저 산에 활짝 핀 꽃들을 보거라. 꼭 비단을 펼쳐놓은 것처럼 아름답지 않느냐? 저기 흐르는 저 계곡물도 쪽빛처럼 청하하고 맑아 보이는구나."

엉뚱한 대답처럼 들리지만, 나는 '변하는 것도, 변하지 않는 것도 있다. 단지 그것을 어떻게 보느냐의 차이일 뿐'으로 읽고자 한다.

산에 활짝 핀 꽃과 계곡을 흐르는 맑은 물. 누구나 그 앞에 서면 시원하고 편안한 느낌을 받을 것이다. 반대로 산에 꽃이 지고 계곡물이 혼탁해지면 그런 감정을 느끼지 못한다. 눈으로 보이는 것들이 우리가 어떻게 마음을 먹을지 결정해주는 셈이다.

마음속에 담겨 있는 감정만큼이나 변화무쌍한 것은 없다. 그래서 우리는 영원함에 더욱 목을 매는 것인지도 모른다. 하지만 우리가 알고 있는 모든 것들은 변화하고 바뀌어간다. 지키고 싶어지는 것들이 하나둘씩 사라질 때 사람 역시 꽃처럼 저물어버린다. 대룡 선사에게 영원한 것이 없느냐고 물었던 스님 역시 그런 조바심을 가졌을 것이다.

유네스코 세계유산으로 지정된 진시황릉 역시 그런 조바심이 만들어낸 흔적이다. 영원한 삶을 살기 위해 불로초를 구하려고 했던 진시황은 거대한 무덤을 지어 그 속에 자신만의 제국을 만들었다. 무려 70만 명을 동원하여 무덤 안에 거대한 지하도시를 만들고, 그것을 지키기 위해 수천 명의 병사와 말도 조각으로 만들어놓았다. 진시황은 자신의 권력이 영원하기를 꿈꾸면서 무덤을 치장했다. 하지만 진시황이 세운 제국은 그가 죽은 지 얼마 후에 무너졌고, 무덤 역시 오랫동안 잊혔다.

권력이 10년을 못 넘기는 것처럼 비단을 펼쳐놓은 것 같은 꽃들도 며칠 안에 저버릴 것이고, 쪽빛 같은 계곡물도 비가 오면 흙탕물로 변해버린다. 그러므로 내가 아무리 노력한다 해도 변화를 막을 수 없다는 사실을 겸허하게 받아들이고 지금 이 순간을 마음속에 담아두기 위해 노력해야 한다. 집착하려는 마음을 버리기 위해서는 자기 자신을 돌아봐야 한다. 내가 왜 이것에 매달리는지, 그리고 이것을 위해 얼마나 희생할 준비가 되어 있는지 스스로에게 물어본다면 마음속 깊은 곳의 대답을 들을 수 있을 것이다.

'군중 속의 고독'이라는 표현은 현학적인 말장난이 아닌 현대를 살아가는 우리를 가장 잘 표현하는 얘기다. 대룡 선사가 영원한 것이 없느냐고 묻던 스님에게 찰나의 순간으로만 존재하는 꽃과 계곡물에 관한 얘기를 들려준 것은 진지한 역설이면서 슬픈 진실이기도 하다. 우리에게 반성이 필요한 이유는 그것을 통해 잘못된 아름다움을 걸러낼 수 있기 때문이다. 우리가 보고 있는 것들은 아름다울 수도 추할 수도 있다. 그것을 얼마나 사랑하는지, 그리고 반성하는지에 따라 달라질 것이다.

물을 뜨니 달이 손바닥 안에 있고,
꽃을 희롱하니 그 향기가 옷에 깊이 스며든다.

_지우 선사

남송 때의 지우 선사가 남긴 말로, 우량사라는 시인이 쓴 시구이기도 하다. 물을 뜬 손바닥 안에 달이 보이고, 꽃을 만지면서 생긴 향기가 옷에 배어들었다는 얘기는 서로의 구분이 없어지는 무념의 상태를 뜻한다. 해탈로 가기 위해서는 모든 것을 잊어야 하는 동시에 나와 다른 것을 구분하는 경계심도 없애버려야 하기 때문이다.

반성이란 자기 자신을 돌아보는 것을 의미한다. 하지만 무작정 하는 반성은 아무런 의미가 없다. 왜 돌아봐야 하는지 명백하게 깨닫기 위해서는 지우 선사의 얘기처럼 마음 안에 담긴 모든 것들을 놔

버려야 한다.

세상의 법칙들은 모두 성공을 목적으로 하고 있다. 남들보다 잘살아야 하는 것을 당연하게 여기는 세상에서 반성이란 쓸데없는 것으로 치부되기 쉽다. 하지만 더 많은 성공을 위해서는 철저하게 자기를 돌아봐야 한다. 성공의 원인은 여러 가지다. 그것은 자신의 노력과 열정에 주변의 도움과 후원이 결합되면서 이뤄진다. 하지만 성공에 눈이 어두워지면 주변을 돌아볼 수 없게 되고, 예정된 수순처럼 실패가 찾아온다. 실패는 균형을 앗아가고, 그것을 잃은 사람은 두 번 다시 성공을 맛보지 못한다.

누구나 살면서 빛나는 순간을 맞이하게 될 것이다. 그 순간은 양면의 동전처럼 우리에게 선택을 요구한다. 기쁨을 만끽하며 자만에 빠져들 것인지, 아니면 주변을 돌아보고 자신을 반성하는 길을 택할지 말이다. 정상적이라면 후자를 택해야 하지만 반성할 줄 모르는 사람들은 전자를 택한다.

후자를 택했다고 얘기하지만 사실 마음속으로 전자의 길을 걷게 되는 경우도 있다. 세상을 바라보는 인간의 눈은 참으로 단순하면서도 복잡하다. 눈으로 보는 것을 믿는 것이 아니라 보고 싶은 것을 골라서 보기 때문이다. 스님들이 눈에 보이는 것과 원래의 것이 서로 다르면서도 같다는 모순된 얘기를 하는 이유도 여기에 있다. 눈은 사물을 보고 있지만 그것을 받아들이는 마음이 다르기 때문에 항상 다른 생각과 결정들을 내린다.

반성이라는 약으로 이것들을 걸러내지 못한다면 혼탁한 마음 때문에 세상을 똑바로 볼 수 없게 된다. 반성은 그것을 하겠다고 마음먹는 순간 사라져버린다. 반성 그 자체보다 그다음의 결과물을 바라는 혼탁한 마음에 가려졌기 때문이다.

반성하라는 말은 누구나 쉽게 할 수 있고, 아무나 실천에 옮길 수 있다고 믿는다. 하지만 어떻게 반성해야 하고, 그것이 무엇을 가져오는지는 알지 못한다. 나의 반성이 성공을 불러올 것이라는 지레짐작 때문이다.

반성은 하는 것이 아니라 느끼는 것이다. 지우 선사가 두 손에 담긴 물속의 달과 저 하늘의 달이 같지만 다르다고 얘기한 이유는 그 두 가지를 굳이 구분할 필요도 없지만 우리가 그것을 구분할 능력이 없음을 간파했기 때문이다. 우리는 그것들을 구분할 수 있으며 가질 수 있다고 믿지만 단지 느끼는 것에 불과하다.

청산은 나더러 말 없이 살라 하고,
창공은 나보고 티 없이 살라 하네.
탐욕도 벗어놓고, 성냄도 벗어놓고,
물같이 바람같이 살다가 가라 하네.

_나옹 화상

산과 하늘이 시키는 대로 욕심과 분노를 내려놓고 자연을 벗 삼아 살아가리라는 말, 참으로 멋진 표현이다. 오늘의 우리는 이 시구에서 어떤 의미를 찾을 수 있을까? 바쁜 일상에 매몰되어 살다보면 왜 살아가는지 의미를 놓치기 쉽다. 세상살이의 비법과 돈 버는 수단에만 귀를 기울이면 정작 그것보다 더 근원적인 물음을 잊어버린다.

물론 욕심과 분노를 다 내려놓고 살아갈 수는 없다. 인생이 덧없다고는 하지만 그런 인생을 살아가는 것조차 힘겨워하는 이들이 많다. 또한 세상을 등지고 살지 못하는 이상 다양한 감정들은 쉽게 버릴 수 없다. 어쨌든 경쟁은 해야 하고 손해를 볼 수는 없으니까 말이다. 하지만 이런 감정들은 우리의 몸과 마음을 급격하게 소모시키기도 한다.

우리가 행복해지기를 원하는 것은 그 상태를 유지했을 때 감정 소모가 가장 적기 때문이다. 사람의 육체나 정신은 스마트폰 배터리처럼 몇 퍼센트가 남았는지 정확하게 측정할 수 없다. 요즘에는 카페인이 다량 함유된 음료를 마시고 며칠 동안 잠을 안 자고도 멀쩡하게 지낼 수 있다. 하지만 이런 방법들이 심각한 후유증을 가져오는 것처럼 지나친 감정 소모 역시 사람의 몸과 마음을 급격하게 피로하게 만들어버린다. 슈퍼맨이 아닌 이상 자신이 정신적이나 육체적으로 강하다는 믿음을 버려야 한다.

지나친 감정 소모는 음주나 흡연 못지않게 위험하다. 요즘 우리 사회의 많은 사람들이 이런 감정앓이에 빠지게 된 주된 이유는 공정한 기회를 얻지 못하기 때문이다. 잘나가는 누구의 친인척이라는 이유만으로 별다른 어려움 없이 성공하는 경우들을 보면서 사람들은 속으로 분노를 삭인다. 자본주의가 정점을 향할수록 자수성가한 사람들이 점점 줄어든다고는 하지만, 이것을 자연스러운 현상으로 생각하고 넘어가기에는 너무나 많은 사람들이 기회를 박탈당한다.

이 문제가 해결되기 전까지는 여전히 상처를 받을 것이고 감정을 소비할 것이다. 사람들이 위로를 받기를 원하는 것은 이런 불합리한 상황을 이해할 수 없기 때문이다. 그래서 점점 더 많은 위로에 중독되어간다. 모든 것을 내려놓으라는 나옹 화상의 얘기는 다 던져버리고 자연인으로 돌아가라는 의미이기 이전에 자신의 감정을 잘 다스리는 인간이 되라는 뜻이기도 하다.

《뿌리 깊은 나무》의 초대 편집장을 지낸 윤구병 선생은 정년이 보장된 대학교수직을 박차고 나와 변산에 공동체를 세웠다. 안정 대신 모험을 택했고, 도시를 버리고 시골로 향했다. 왜 교수직을 버리고 시골로 내려갔느냐는 물음에 그는 이렇게 대답했다.

"경쟁사회 속에서도 여기저기 둘러보면 서로 돌봐가며 즐겁게 살 수 있는 영역이 있다고 믿어요."

경쟁은 인간에게 답을 주지 못한다. 방전된 배터리는 바꾸거나 충전하면 그만이지만 감정은 다시 채워 넣거나 보충하기 어렵다. 욕심을 버리고 인간으로 돌아간다는 윤구병 선생의 말을 들으면서 나옹 화상의 얘기를 떠올린 것은 우연의 일치가 아닐 것이다. 인간은 누구나 부족한 존재이며, 세상은 언제나 부조리했고 불합리했다. 하지만 그것이 인간으로서의 자존감을 포기해야 할 이유가 될 수는 없다. 감정은 자신의 소유지만 그것을 어떻게 쓰느냐에 따라 인생의 가치가 변하게 된다.

5장

열정에 대하여

일체의 걸림이 없는 사람만이
번뇌를 벗어나리라.

_원효 대사

우리 역사에서 원효 대사만큼이나 '열정'과 잘 어울리는 사람도 없을 것이다. 당나라 유학을 마치고 돌아오기만 하면 그에게 성공은 보장된 것이나 다름없을 터였다. 하지만 화랑이자 귀족이었던 그는 탄탄대로가 되어줄 기회를 버리고 낡은 가사를 걸치고 시장과 길거리로 향했다.

그런 원효 대사에게 손가락질하는 사람도 없지는 않았다. 하지만 그는 주변의 시선에 아랑곳하지 않고 하룻밤에 얻은 깨달음을 평생에 걸쳐 못 배우고 가난한 백성들에게 나눠주었다. 그가 비아냥거림을 뒤로하고 묵묵히 제 길을 갈 수 있었던 것은 마음속에 번뇌를 일으킬 만한 아무런 걸림돌이 없었기 때문이리라.

누구나 살다 보면 몇 차례의 전환점을 맞게 된다. 어떤 이에게는 그것이 성공을 보장하는 '기회'일 수 있지만, 다른 이에게는 실패로 접어드는 '악몽'일 수 있다. 우리는 그것이 성공과 실패를 나누는 전환점이라는 사실 자체를 깨닫지 못하고 넘어가기 일쑤다.

빌 게이츠는 열아홉 살 나이에 인생의 전환점을 맞았다. 그는 과감히 하버드 대학교를 박차고 나와 마이크로소프트를 설립했다. 그리고 불과 1,500달러의 자금으로 시작한 그의 회사는 현재 거대한 기업으로 성장해 있다. 만약 빌 게이츠가 명문 대학의 간판 아래서 계속 있었다면 오늘의 마이크로소프트는 존재하지 않았을 것이다.

삶의 궤적을 일순간 바꾸거나 포기하는 것은 결코 쉬운 일이 아니다. 안정을 버리고 모험을 선택하는 삶은 어느 시대나 어렵다. 하지만 마음속에 새로운 일에 도전하고 싶다는 열정이 있다면 그런 것은 아무 문제도 되지 않는다.

여전히 우리 사회에서는 꿈이나 취향보다는 성적에 맞춰 대학에 진학하는 경우가 많다. 그렇게 들어가서 배우는 학문에 자신의 미래를 온전히 걸 수 있을까? 그것이 자신에게 맞지 않는다면 용기를 내서 다른 길을 택할 수 있을까? 부모나 친구들은 모두 반대할 것이다. 하지만 나의 삶을 살겠다는 열정이 있다면 유학을 포기하고 민중과 함께하기로 한 원효 대사 같은 결단을 내릴 수 있다.

20대만이 청춘은 아니다. 정년퇴직 후 새로운 삶에 도전하기 위한 결단을 내릴 만한 열정을 가진 사람이 바로 청춘이다. 인생의 어느 시점에 전환점을 맞이했는지는 그 당시에는 느낄 수 없다. 수년 혹은 수십 년이 지난 후에야 깨달을 수 있다. 그렇게 돌아보는 시점에 자신의 결정이 잘못되었다는 사실을 깨닫게 되는 것만큼 가혹한 고통은 없을 것이다.

가난한 사람의 등불 하나가 세상을 밝히다.

_『현우경』

난타는 가난했다. 하지만 존경하는 석가모니를 위해 하루 종일 일해 번 돈으로 등불 하나를 사서 바쳤다. 그러자 무슨 일이지 그녀가 바친 등불은 다른 등불들이 다 꺼진 후에도 여전히 주변을 환하게 밝혔다. 다음 날 해가 뜬 뒤에도 꺼지지 않아 사람들이 끄려 했지만 등불은 꺼지지 않았다. 그 광경을 지켜보던 석가모니가 말했다.

"정성을 기름 삼아 타오르고 있으니 꺼지지 않을 것이다."

위나라 승려 혜각 등이 엮은 『현우경賢愚經』에 나오는 이야기다. 선물은 값어치로 따지는 게 아니라 정성으로 받아야 한다는 교훈을 전한다. 만약 난타가 자신의 처지에 무슨 등불이냐며 단념했다면 이 이야기는 존재하지 않았을 것이다.

우리는 스스로가 처한 상황에 불만을 가지거나 납득하지 못할 때가 종종 있다. 공정하지 않기 때문이다. 공정함이 사라진 세상에서는 아무리 노력해도 성공으로 이어진다는 보장이 없다. 단지 불공정한 경주에서 뒤처진 채 숨을 헐떡거릴 뿐이다.

사람들은 모두 꿈과 열정을 가지고 있다. 그리고 그것들을 제대로 연소시켜주는 것이 사회가 할 일이다. 개개인도 사회를 지탱하는 규칙을 지켜야 할 테지만, 모두가 지키기로 한 약속이 깨져 사회가 혼란에 빠질 경우 사람들이 치러야 할 대가는 만만치 않다.

우리 사회를 무너뜨리고 망가뜨리는 것은 머리띠를 두르고 시위를 하는 사람들이 아니라 편법과 꼼수로 타인의 성공을 가로채는 사람들이다. 눈에 보이는 폭력보다 더 크고 심한 마음의 상처를 입히기 때문이다. 우리가 마음속의 열정을 간직해야만 하는 또 다른 이유는 열정이야 말로 불합리하고 부조리한 사회를 바꿀 수 있는 열쇠이기 때문이다.

난타가 부처에게 바친 등불을 순종과 복종 혹은 희생의 의미로만 볼 수는 없다. 오히려 어려운 상황에서도 자신의 뜻을 관철하겠다는 열정으로 이해하면 어떨까. 우리 사회는 사는 게 힘들다고 푸념하는 사람들에게 용기가 없다고, 나약하다고 손가락질한다. 그리고 성공하기 위해서 수단방법을 가리지 말라고 역설한다.

하지만 잘못된 것에 분노하지 못하는 차가운 마음이 성공을 향해서 질주할 수 있을까? 호화로운 등불들 사이로 작고 초라한 자신의 등불을 정성껏 공양한 난타의 마음처럼 세상을 변화시키겠다는 열정을 끝까지 간직하고 있어야 한다.

가을바람에 앙상한 몸을 드러낸다.

_운문 선사

어느 날 운문 선사에게 제자가 물었다.

"나무가 시들고 낙엽이 지면 어떻게 됩니까?"

밑도 끝도 없는 제자의 질문에 운문 선사가 낮고 굵은 목소리로 대답했다.

"잎이 모두 떨어지고 가을바람에 앙상한 몸을 드러내겠지."

『벽암록』에 실린 얘기다. 한가롭게 날씨 얘기를 주고받은 것이 아니다. 계절의 변화를 맞이한 나무의 헐벗음을 모든 번뇌를 내려놓고 해탈의 경지에 빗댄 것이다. 불가에서는 이렇게 화두를 주고받으면서 가르침과 깨달음을 얻어간다.

진정한 자유를 얻으려면 모든 것을 내려놓아야 한다고 말한다. 욕망의 결정체인 인간이 가장 실천하기 어려운 주문이다. 우리는 태어나면서부터 마치 숙명처럼 경쟁에 떠밀린다. 경쟁을 해야 이익과 성과가 나고 또 나태해지지 않는다며 초등학교, 아니 유치원 때부터 세뇌를 당한다. 어른들은 세상은 넓고 할 일은 많다거나 시련은 있어도 실패는 없다면서 남에게 뒤처지지 말 것을 강요한다.

어른들은 젊은이들이 버르장머리 없고, 예의범절이 없으며, 무식한데다가 애국심과 공동체의식까지 없다고 한탄한다. 아마 그렇게 얘기한 어른들도 젊은 시절에는 비슷한 얘기를 들었을 것이다. 어른들은 끊임없이 위기를 얘기하고 두려움을 부채질하면서 젊은이들에게 달릴 것을 강요한다. 그러면 젊은이들은 왜 뛰어야 하는지도 모른 채 정신없이 뛰다가 스물이 되고, 서른이 되고, 마흔에 도달한다.

그리고 걸음을 멈추고 자신이 무얼 위해 살아왔는지 돌아보고는 아무것도 없다는 사실을 깨닫는다. 세상은 힐링으로 흘러넘치지만 정작 치유되었다는 사람들은 보이지 않고 여전히 상처투성이인 사람들만 보인다. 납득이나 이해, 배려 같은 얘기는 사라져버린 지 오래다. 핏빛 자욱한 이 전쟁터에서 운문 선사의 얘기가 묘하게 울려 퍼진다.

"나이가 들고 지치면 아무것도 없는 마음만 남겠지."

'공수래공수거空手來空手去'라고 했던가? 인생은 빈손으로 왔다가 빈손으로 떠난다지만 아무것도 가지지 못한 삶만큼 부끄럽고 고통스러운 것도 없으리라. 나는 삶이 들려주는 숭고한 울림을 믿는다.

백장의 들오리는 어디로 날아갔을까?

_마조 선사

마조 선사가 제자인 백장 선사와 함께 들판을 걷다가 들오리가 날아가는 것을 보고는 물었다.

"저것이 무엇이냐?"

백장 선사가 대수롭지 않게 대답했다.

"들오리입니다."

고개를 끄덕거린 마조 선사가 다시 물었다.

"어디로 날아갔느냐?"

"저쪽으로 날아갔습니다."

백장 선사가 턱으로 들오리가 날아간 방향을 가리키는 순간 마조 선사가 별안간 코를 잡아서 비틀어버렸다. 놀란 백장 선사가 펄쩍 뛰면서 아픔을 호소했다. 하지만 마조 선사는 태연하게 대답했다.

"들오리가 가긴 어디로 갔단 말이냐?"

그 순간 백장 선사는 깨달았다. 마조 선사가 물었던 것은 날갯짓을 하며 날아가는 들오리가 아니라 우리가 눈으로 보는 사물에 대한 집착이라는 것을. 백장 선사의 무심한 대답은 우리가 인식하지 못하는 번뇌가 그만큼 깊다는 것을 의미하리라. 마조 선사는 그 번뇌를 비틀어 내버려야 한다고 가르쳤고, 백장 선사는 대번에 깨우침을 얻은 것이다.

성공하기 위해서는 불타는 열정을 가지고 있어야 한다고 말한다. 하지만 학교나 학원 어디에서도 열정을 어떻게 불사르는지, 그리고 무엇을 위해 불살라야 하는지 가르쳐주지 않았다.

열정을 불태우기 위해서는 스님들이 번뇌를 버리는 것처럼 욕심을 버려야 한다. 해탈하겠다는 생각조차 번뇌에 들어가는 것처럼 집착에 갇힌 열정은 제대로 타오를 수 없기 때문이다.

마조 선사가 백장 선사의 코를 비틀면서 오리가 어디로 갔느냐고 물은 것은 눈앞에 보이는 현상, 그러니까 번뇌나 욕심 같은 것들을 버리라는 의미다. 열정을 불사르기 위해서는 성공을 위한 욕심을 버려야 한다. 왜냐하면 그런 것들을 느끼는 순간 열정은 집착으로 변하기 때문이다.

독일의 영화감독 레니 리펜슈탈Leni Riefenstahl은 원래 무용수였는데 부상을 당해 무용을 접은 뒤 배우의 길을 택한다. 〈성스러운 산〉을 비롯한 여러 영화에 출연하면서 명성을 얻은 그녀는 카메라에 흥미를 느낀다. 그러면서 자신이 직접 영화를 제작할 결심을 하게 된다. 1930년대라는 시대적 배경을 감안하면 굉장한 도전이자 무모한 결심이다. 하지만 그녀는 카메라를 직접 잡고 영화를 만드는 데 성공한다.

감독으로서 명성을 떨치던 그녀에게 히틀러의 심복 괴벨스가 접근해온다. 레니 리펜슈탈은 마음껏 지원을 받으면서 영화를 찍고 싶다는 욕심에 그가 내민 손을 붙잡고 만다. 나치가 개최한 뉘른베르크 전당대회를 촬영한 〈의지의 승리〉는 나치 독일을 상징하는 프로파간다로 자리매김한다.

나치 정권하에서 마음껏 지원을 받으며 영화를 촬영할 수 있었지만 대가는 혹독했다. 2차 세계대전이 끝나고 그녀는 나치의 앞잡이라는 비난과 함께 영화계에서 추방되고 만다. 나는 그녀의 전기를 읽으면서 만약 성공에 대한 집착을 버렸다면 어떤 운명을 맞이했을까 하는 생각이 들었다.

평상심이 곧 도이다.

_남전 선사

조주 선사가 스승인 남전 선사에게 물었다.

"도란 무엇입니까?"

그러자 남전 선사가 대답했다.

"평상심이 곧 도이다."

조주 선사가 다시 물었다.

"그것을 어떻게 터득해야 합니까?"

남전 선사는 조용히 대답했다.

"알려고 하면 할수록 어긋나는 법이다."

조주 선사는 두 번의 물음에도 해답을 찾지 못했다. 답답해진 그가 스승에게 다시 물었다.

"알려고 하지 않으면 어떻게 도를 터득할 수 있겠습니까?"

그러자 남전 선사 역시 답답하다는 표정으로 대답했다.

"도는 알려고 하는 것이나 모른다고 하는 것과 아무 상관이 없다. 진정한 도는 허공처럼 공허하기 때문이다."

이 이야기는 남전 선사가 스승인 마조 선사에게 들었던 것이기도 하다.

해탈하기 위해서는 모든 것을 초월한 무념무상, 곧 평상심을 가져야 한다는 가르침이다. 천 년도 더 지난 당나라 때의 얘기지만 오늘날 일상을 살아가는 우리에게도 깊은 울림을 준다. 우리는 무언가를 이룩하기 위해서는 특별한 열정이 필요하다고 믿는다. 그래서 굳은 결심과 맹세를 하고 꼼꼼한 계획표를 적어서 벽에 붙여놓는다. 하지만 작심삼일이라는 말처럼 며칠 지나기도 전에 평상시로 돌아가는 일이 반복된다. 변화를 억지로 이끌어내려고 했기 때문에 생긴 부작용이다.

모든 변화의 시작은 마음속에서부터 시작된다. 내가 스스로 납득하고 이해한 다음에야 몸이 따라서 움직인다. 수동적으로 살다 보면 자신이 누구인지, 그리고 왜 사는지를 잊어버리기 쉽다. 그저 남들처럼 혹은 남들에게 뒤처지지 않는 삶을 추구하게 되는 것이다. 그래서 성공에 목을 더욱 매면서 정작 자그마한 열정조차 불러일으키지 못하는 일이 반복된다.

평상심이 곧 도라는 남전 선사와 마조 선사의 말은 우리의 삶이 얼마나 특별한지 일깨워준다. 단지 우리가 그것을 눈치 채지 못하고 있을 뿐이다.

물은 흘러서 바다로 들어가고,
달은 저물어도 하늘을 벗어나지 않는다.

_중봉 선사

원나라 선승 중봉 선사에게 제자가 물었다.

"스승님, 삶과 죽음의 자취는 어떻게 찾습니까? 삶은 어디에서 오는 겁니까?"

중봉 선사가 대답했다.

"물은 흘러서 바다로 들어가느니라."

제자가 다시 물었다.

"그렇다면 죽으면 어디로 갑니까?"

잠시 생각에 잠긴 중봉 선사가 마침내 입을 열었다.

"달은 저물어도 하늘을 벗어나지 않는 법이지."

의심할 것 하나 없이 반복되는 자연현상처럼 삶과 죽음 역시 자연스럽게 우리 곁을 오고가는 것이라는 역설이다.

이 세상의 수많은 사람들의 삶은 각기 다른 형태로 전개되지만 결국 인간의 삶이라는 틀 안에서 벗어나지 못한다. 삶의 시작과 종결은 시간차가 있을 뿐 누구도 피해가지 못하기 때문이다. 이렇게 끝과 시작이 명백한 삶을 살아가면서 우리는 다양한 선택들을 한다. 그리고 그 선택의 무게를 가늠하는 것이 바로 열정이다. 물론 열정은 눈에 보이지도 않고, 성공적인 삶을 보장해주지도 못한다. 그것은 단지 어디론가 향하는 감정일 뿐이며, 언제 시작되었다가 사라질지 아무도 모르는 것이다. 하지만 이 열정은 삶을 바꾸는 놀라운 능력을 발휘한다.

우리는 어릴 적부터 규칙과 관습에 얽매인 탓에 열정을 어떻게 불태워야 할지 모른 채 성장한다. 그렇기에 더더욱 열정을 불태워봐야 한다. 그것이 삶과 운명을 얼마나 바꿀 수 있을지, 그리고 그렇게 바뀐 삶이 무엇을 가져다줄지 아무도 모르기 때문이다. 우리가 가지고 있는 것 중에 영원한 것은 아무것도 없다. 삶 또한 언젠가는 끝나기 마련이다. 삶은 단지 기억될 뿐이다. 그 기억의 한복판에 열정이 자리 잡고 있다.

스스로를 희생하고 고통을 감내하는 이유는 열정이 있기 때문이며, 그 열정은 마음속에 자연스레 깃드는 법이다. 남과 다르게 산다는 것은 특별한 것이 아니다. 나만의 열정으로 세상을 헤쳐 나가다는 것을 의미한다. 물이 흘러서 바다로 향하고, 달이 저물어도 하늘을 벗어나지 않는 것처럼 열정도 어디로 가든 결국 삶으로 흘러들 것이니까 말이다.

약은 병을 고치고, 병은 약을 다스린다.

_운문 선사

이름난 선승이자 운문종의 창시자 운문 선사가 제자와 신도들에게 법문을 일러주면서 한 말이다. 약으로 병을 고치는 것은 맞지만 병이 약을 다스린다는 말은 앞뒤가 맞지 않는다. 운문 선사는 이렇게 말했다.

"사람들은 약이 병을 고친다고 생각한다. 하지만 사실은 약이 병을 고치고, 병이 약을 다스리는 것이다. 내가 보기에 온 세상이 다 약인데 너희들은 대체 무엇이냐?"

운문 선사는 마치 약에 의지하는 환자처럼 가르침에만 의지하는 제자와 신도들이 스스로 깨우치기를 바랐던 것이다.

약으로 병을 치료하다 보면 내성이 생기기 마련이다. 병은 점점 더 강해지고, 약도 치료 효과를 높이기 위해 독해질 수밖에 없다. 이런 상황이 반복되다 보면 결국은 약이 병을 치료해주는 것이 아니라 병이 약을 다스리는 상황이 되고 만다.

감기는 한때 인간에게 치명적인 질병이었다. 1차 세계대전이 끝날 무렵인 1918년에 시작된 스페인 독감은 2년 동안 2,500만 명에서 5,000만 명을 희생시켰다. 1차 세계대전의 사상자가 3,200만 명이라는 사실을 감안하면 어마어마한 숫자다. 이 스페인 독감은 한반도에까지 흘러들어와 700만 명이 넘게 감염되고, 그 중 약 14만 명이 사망했다고 한다.

이후 효과 좋은 감기약이 등장하면서 독감은 더 이상 치명적인 질병이 되지 못했다. 하지만 몇 년 전부터 감기약을 무용지물로 만들어버리는 슈퍼독감이 등장했다. 조류인플루엔자에서 변이된 바이러스가 원인이었다. 슈퍼독감 역시 치료약이 개발되었지만 언제 또 다른 질병이 나타날지 모르는 일이다.

몸이 약해지면 병이 찾아오는 것처럼 마음의 약해지면 무기력함이 엄습해온다. 이런 상황에 마주치게 되면 자연스럽게 어딘가에 의지하고 싶어진다. 하지만 나의 허약함과 공허함은 그 어떤 것으로도 지탱시킬 수 없다. 아무리 좋은 위로와 따뜻한 눈빛으로도 치료되지 않기 때문이다. 몸의 병은 증상에 맞는 약으로 치료하면 되지만 마음의 병은 가늠할 수 없기 때문에 치료할 수 있는 방법이 없다.

마음의 병이 생기는 이유는 오로지 성공과 출세를 향해 정신없이 뛰면서 마음을 놓쳐버렸기 때문이다. 유일한 치료약은 바로 열정이다. 나를 찾고, 내 마음의 균형을 유지하겠다는 열정은 맹목적으로 무언가에 빠져서 마음이 병드는 것을 막아준다. 내 꿈이 어두우면 마음이 병드는 것은 당연하다. 약이 병을 치료하고 병이 약을 다스리는 것처럼 내 꿈이 나를 이끌기도 하지만, 잘못된 꿈은 나를 병들게 만든다.

걸음걸음마다 도량이다.

_『조주록』

길을 가던 유마 거사에게 마을 주민이 다가와 어디에서 오는 길이냐고 물었다.

"도량에서 오는 길이라네."

그런데 가만히 보니 유마 거사가 걸어오던 길은 도량과는 반대방향이었다.

의아하게 여긴 마을 주민이 다시 물었다.

"그쪽은 도량이 있는 곳이 아닌데요?"

그러자 유마 거사가 오히려 이상하다는 표정으로 마을 주민을 쳐다보며 대답했다.

"곧은 마음이 있는 곳이 곧 도량이 아니겠나?"

원래 '도량'이란 말은 스님들이 머물고 있는 사찰이나 수행을 하는 장소를 뜻한다. 그러나 이 이야기에서 유마 거사는 깨달음을 얻고자 하는 올곧은 마음만 있다면 그곳이 바로 도량이라고 가르침을 전한다. 내 마음속에 깨달음이 있는데 장소나 시간이 무슨 문제냐는 반문이다.

모든 일에 있어서 성공의 기회를 잡으려면 참을성 있게 준비해야 한다. 그런데 그렇게 준비를 철저히 하고서도 정작 기회가 왔을 때는 눈앞에서 기회를 보고도 놓치는 경우가 한둘이 아니다. 마음의 준비를 하지 않았기 때문이다.

깨달음은 스승의 호통에서 오기도 하고, 불을 붙이려 장작을 쑤셔 넣은 아궁이 앞에서도 온다. 그야말로 나도 모르게 엄습해오는 것이다. 위대한 선승들이 이렇게 별안간 찾아온 깨달음을 놓치지 않았던 것은 마음의 준비를 끝내놨기 때문이다. 어디서 무슨 일을 하든지 마음속에서 깨달음을 위한 화두를 끈질기게 붙잡고 있었기 때문이다.

마음의 준비는 곧 열정이 있음을 말한다. 온갖 성공을 위한 조건들을 다 충족시켰다고 해도 가장 중요한 열정을 터트릴 준비가 되어 있지 않으면 아무 소용이 없다.

열정은 또한 나 자신을 발전시키겠다는 의지의 또 다른 표현이다. 같은 걸음이지만 어디로 걷느냐에 따라 운명이 변하는 것이 인생이다. 열정이 담긴 발걸음이라면 충분히 성공을 향해 걸어갈 수 있을 것이다.

6장

배려에 대하여

나의 이로움이 곧 타인의 이로움이다.

_석가모니

석가모니에게 제자가 물었다.

"어떤 사람들이 지옥에 갑니까?"

"내가 지옥에 갈 것이다."

"어찌하여 그런 말씀을 하십니까?"

제자가 당혹해하며 다시 묻자 석가모니가 빙그레 웃으며 말했다.

"지옥에 있는 불쌍한 영혼들을 누군가는 구제해야 하지 않겠느냐? 마땅히 내가 가야 하겠지."

'세상은 전쟁터'라고들 한다. 자신의 이익을 위해서라면 타인을 이

용하는 것쯤은 아무렇지도 않게 생각한다. 생존이 명분이다. 그런 세상에서 석가모니의 대답은 이해할 수도, 받아들일 수도 없는 주문일 터이다. 오늘의 사회에서 타인을 위한 무조건적인 자기희생은 사실상 성공을 포기하는 것이나 다름없어 보인다. 그렇다고는 해도 사람들이 모두 자기만을 위해 살아간다면 세상은 지금보다 더 험악하고 무서워질 것이다.

성공을 위해 펄떡거리는 사람들 틈에서 타인을 위해 살아가는 사람들도 적지 않다. 모두가 성공을 외칠 때 이들은 역주행을 하고 있는 셈이다. 경주 교동에는 최씨 집안이 오랫동안 자리 잡고 있다. 신라의 대학자인 최치원을 시조로 하는 이 집안은 독특한 내력과 전통을 자랑한다. 만석꾼 집안이었지만 결코 욕심을 내지 않았다. 흉년이면 곳간을 열어 가난한 주민들을 구제하고, 남의 땅을 함부로 빼앗거나 헐값에 사들이지 않았다. 인근 백리 안에 사는 사람들을 굶주리지 않게 한다는 원칙을 철저하게 지켰다. 더불어 살겠다는 최씨 집안의 의지가 오랫동안 재산을 유지하고 명망을 얻을 수 있게 해주었다. 악착같이 돈을 모으고 원칙 없이 살았다면 길어봤자 3대를 넘기지 못했을 것이다.

세상에는 경주 최씨 집안만 있는 것이 아니다. 그들보다 수백 배나 많은 나쁜 사람들이 존재한다. 누가 말을 붙이면 덜컥 겁부터 나고, 길거리에 사람이 쓰러져 있어도 선뜻 도와줄 수 없는 세상이다.

그럴수록 남을 돕는 존재들은 더욱더 필요하게 마련이다. 보통사람들이 이런 일을 하기는 쉽지 않지만, 지하철 입구에서 내리는 사람들을 위해 한 걸음 물러서 주는 것 같은 작은 일들은 얼마든지 가능하다. 이렇게 양보하고 배려하면 몇 초 혹은 몇 분을 늦게 되고, 지하철이나 버스를 한 대 정도 놓치게 된다. 하지만 기나긴 인생에서 이 시간은 아무것도 아니다.

성공하기 위해 마음을 독하게 먹어도 그 감정을 매일 유지할 수는 없다. 유지한다고 해도 그 대가로 '마음'을 잊어버리고 만다. 경쟁에서 이기기 위해 자신을 한없이 채찍질하다 보면 왜 성공해야 하는지 이유를 잊어버릴 때가 있다. 너무 오랫동안 성공만 바라봤기 때문이다. 우두커니 서서 피를 흘리는 자기 자신을 보면서 어떤 삶을 살아왔고, 어떤 길을 가야 하는지 잊어버리는 것이다.

배려가 없는 세상에서는 모두 상처만 입을 뿐 아무도 승자가 될 수 없다. 높은 지위나 많은 돈은 인생을 승리했다는 것을 증명할지는 모르겠지만 잘살았다는 증거는 되지 못한다. 주변을 먼저 둘러보고 배려하는 것은 손해를 보거나 바보짓을 하는 것이 아니다. 오히려 더 큰 승리를 얻을 수 있는 지름길이다.

선에 집착하지 말고, 악에 매달리지 마라.

_혜능 선사

혜능 선사가 달마 선사의 다섯 번째 계승자 홍인 선사에게 가르침을 받고 여섯 번째 계승자로 지목되었다. 홍인 선사는 다른 제자들이 혹시나 질투심에 사로잡혀 그를 해칠까봐 서둘러 멀리 떠나보냈다. 역시나 다른 제자들이 혜능 선사의 뒤를 쫓았다.

막다른 절벽 끝에 몰린 혜능 선사가 바위 위에 의발衣鉢, 즉 홍인 선사의 가르침을 받았다는 징표인 가사와 밥그릇을 올려놨다. 그러자 뒤를 쫓던 승려들 중 한 명인 혜명 선사가 단숨에 달려들어 의발을 낚아챘다. 하지만 의발은 바위에 꽂힌 엑스칼리버처럼 꼼짝도 하지 않았다. 어리둥절해하는 혜명 선사에게 혜능 선사가 소리쳤다.
"선에 집착하지 말고, 악에 매달리지 마라."

'물에 물탄 듯 술에 술탄 듯'이라는 말이 있다. 태도가 분명하지 않음을 비꼬는 표현이다. 혜능 선사의 말 또한 흐리마리하다. 특히나 이념 대립이 치열한 오늘의 사회에서는 기회주의자의 입담쯤으로 들릴 수 있다. 선이 절대적이지 않다고 말하면 누구나 의심스러워하지 않겠는가.

조선 후기에 성리학만이 유일한 가치이며 진리라는 생각이 팽배해지면서 희생자들이 많이 나왔다. 대표적인 인물이 사문난적斯文亂賊으로 지목되어 처형당한 윤휴다. 그는 한때 송시열과 가까운 사이였다. 하지만 효종의 사후 의붓어머니 자의대비가 얼마 동안 상복을 입어야 하는지를 놓고 벌어진 예송논쟁으로 인해 갈라지고 만다. 그리고 주자의 가르침에 의문을 제기했다는 이유로 공격을 받는다. 정상적이라면 논쟁으로 끝났겠지만 주자의 가르침을 절대 진리라고 믿던 시대는 그에게 사약을 내렸다. 윤휴를 처벌한 쪽은 정의가 실현되었다고 기뻐했을 것이다.

오염된 물에서 물고기가 살 수 없는 것처럼 혼탁해진 세상은 사람들을 제물로 삼을 것이다. 혜능 선사가 의발을 빼앗으려는 혜명 스님에게 한 말은 보편적이고 상대적인 선과 악의 개념이 아닌 수행자로서의 절대적인 가치를 꿰뚫어보라는 의미다. 단숨에 의미를 깨달은 혜명 스님은 헛된 욕망을 버렸다.

자신에게 이익이 되는 것이라면 그것이 무엇이든 주워 모으려고 하는 우리가 혜명 스님처럼 쉽게 버릴 수는 없다. 하지만 진리를 위해 헛된 생각을 벗어던지는 자세만큼은 반드시 배워야 하지 않을까?

침묵이 우레와 같다.

_유마 거사

석가모니의 재가제자, 즉 승려가 아닌 일반인 제자인 유마 거사의 말이다. 개인보다는 대중의 각성을 중시하는 대승불교의 특성상 유마 거사 같은 재가제자들의 존재는 불교를 널리 전파시키는 데 큰 역할을 했다. 그는 아내와 자식이 있었고, 술을 마셨으며, 노름판에도 드나들었다. 하지만 언제 어디서나 수행하는 마음을 갖고 항상 남을 배려했다고 한다.

한때는 말이 없으면 지적인 사람으로 보였다. 왠지 머릿속에 든 것도 많고 생각이 깊어 보였다. 그러나 지금은 서로 얘기를 먼저 하지 못해 아우성이다. 침묵이 패배나 비겁함의 상징처럼 되어버린 것이다. 말을 많이 할수록 진실에서 멀어진다고 하는데, 이 말이라는 것은 중독성이 있어서 하면 할수록 그치기가 어렵다. 귀에 잘 달라붙는 달콤한 말은 넘쳐흐르고, 가슴에 와 닿는 좋은 말은 드물다.

침묵은 상대방에게 생각할 여유를 주는 배려다. 더불어 말을 하는 동안 듣지 못한 상대방의 얘기를 들어줄 수 있는 시간이기도 하다. 그럼에도 우리는 어떻게 하면 말을 잘 할지를 생각할 뿐 상대방의 얘기를 잘 들어주는 것에 대해서는 크게 신경 쓰지 않는다. 오직 내 얘기만 중요하고 타인의 얘기는 중요하지 않게 생각한다. 문제는 상대방 역시 같은 자세로 얘기하다보니 알맹이 없는 얘기만 오간다는 것이다.

남에게 지지 않으려고 하는 말은 결코 좋은 말이 될 수 없다. 자신의 주장을 드러내고 상대방의 얘기를 지우고 위해 독설이나 무시하는 말을 아무렇지도 않게 꺼낸다. 말이 건강하지 못하면 마음이 병들게 마련이다.

말의 홍수 속에서 '침묵이 우레와 같다'는 유마 거사의 말을 한번쯤 곱씹어보자. 말의 진정한 가치는 수다가 아니라 침묵 속에서 더 빛이 난다.

온화하고 삼가며, 맑고 조용하다.

_원보 장로

일본 다도에서 자주 인용되는 말인데, 사실은 송나라 백운 선사의 제자 원보 장로가 다도회를 결성하면서 쓴 것이다. 그는 차 한 잔을 무한한 우주 혹은 인생의 모든 것이 담겨 있는 것으로 해석했는데, 이는 곧 다도의 핵심이기도 하다.

우리에게는 남을 도우려는 마음이 있고, 주변의 안타까운 일을 보면 실질적인 도움은 못 되어도 눈물 한 방울쯤은 흘릴 줄 안다. 이처럼 인간이 인간다워진 것은 서로 어울려 살면서부터였다. 내 삶과 남의 삶이 밀접하게 연결되어 있고, 타인의 불행이 나에게 안 좋은 영향을 미친다는 사실을 깨닫고는 배려라는 습관을 가지게 된 것이다. 세상이 삭막해졌다고는 하지만 아직도 타인에 대한 보이지 않는 많은 배려가 베풀어지고 있다.

마음의 평화를 멘토의 가르침이나 책 속에서 찾을 필요는 없다. 남을 배려하고자 하는 마음, 그리고 그 마음에서 우러나오는 따뜻한 인간애를 보면 쉽게 발견할 수 있다. 수단 남부의 톤즈에서 선교활동을 했던 이태석 신부의 일대기를 다룬 영화 〈울지마 톤즈〉에 이런 얘기가 나온다.

"가장 보잘것없는 이에게 해준 것이 나에게 해준 것이다."

『성경』에서 예수님이 하신 말씀이기도 하다.

내가 행복해지기 위해서는 남을 배려해야 한다. 역사를 돌이켜보면 인류의 발전은 수많은 사람들의 희생으로 이뤄졌다. 인간이 성공을 위해 타인의 고통을 외면하는 존재였다면 오늘날의 문명은 존재하지 못했을 것이다. 때로 성공과 출세를 위해 타인에게 고통을 주거나 자신의 마음을 외면하지만, 보통의 사람이라면 이내 죄책감을 느끼고 마음의 평화를 추구한다.

우리는 살아가면서 눈에 보이지 않는 많은 배려를 베푼다. 그리고 그런 배려들이 모여서 아슬아슬하게나마 살 만한 세상을 만들어가고 있다. 세상을 만드는 것은 너와 나이고, 그 세상 안에서 우리가 살아간다. 따라서 나의 작은 배려가 세상을 아름답게 변화시키지 못할 것이라는 얘기는 사실이 아니다. 타인에 대한 증오와 원망이 사라진 마음이 어떠한 평화를 얻을 수 있을까.

흰 꽃 속에 백마가 들어가다.

_『벽암록』

흰 꽃 무더기 속으로 백마가 들어가면 양쪽을 구분하기 힘들어질 것이다. 그럼에도 흰 꽃과 백마는 엄연히 구분되는 존재이다. 이렇듯 불교에서 말하는 차별은 너와 '다른' 나를 의미한다. 위대한 선승들이 이 주제를 자주 언급하는 것은 수행을 하는 개인으로서의 존재를 인정하는 동시에, 구원을 받아야 하는 대중 역시 잊지 않기 위해서다.

우리 사회에서 차이와 차별을 구분하는 문제는 매우 애매하고 혼란스럽다. 명확한 기준을 두기에 너무 많은 변수들이 존재하기 때문이다. 그 단어가 지니고 있는 무게감 때문에 '차별'이라는 말은 쉽게 쓰이지 못하고 있다. 그러나 그 의미가 나와 다르기 때문에 불평등한 대접을 받아야 하거나 기회를 박탈당하는 것이라면 명백하게 잘못된 것이다.

우리 사회에 경쟁이 치열해지면서 차별이 다시 두드러졌다. 지역이 다르고, 학교가 다르다는 것을 구분 지으면서 기회를 박탈한다. 근대에 접어들면서 공식적인 신분계급은 사라졌지만 돈에 의해 나눠진 계급은 여전히 존재한다. 아파트 평수로 구분 짓거나 심지어 태어난 병원에 따라 나눠진다는 얘기도 심심치 않게 들린다. 대부분은 그 신분계급의 최상위권으로 올라가기 위해 발버둥을 친다. 남들을 차별하면서 자신이 차별받지 않는 것에 대해 안심한다. 하지만 이런 식의 싸움에서는 예정된 소수의 승자들이 모든 것을 독식할 수밖에 없다.

사람들의 얼굴이 모두 다르듯이 각각의 존재가 서로 다르다는 것은 명백하다. 하지만 그것은 단지 다르다는 차이일 뿐 불평등과 차별을 받아야 할 이유가 될 수는 없다. 불교에서는 차이와 차별이 다르다고 인정하지만 그 구분조차 잊어버리라고 얘기한다. 그것을 떠올리는 것조차 차별이라는 의미다. 다르다는 것은 하나의 존재로서의 의미일 뿐, 다른 것을 규정지을 수는 없는 것이다.

차이와 차별은 쌍둥이처럼 붙어 있어서 양쪽을 분간하기 쉽지 않다. 하지만 은그릇과 흰 눈을 구분하지 못한다고 해도 둘은 명백하게 다르고, 흰 꽃무더기 속에서 뛰노는 하얀 말을 보지 못한다고 해도 분명 다른 존재라는 사실은 변하지 않는다. 차이를 인정하지 않는 차별은 배려를 잊어버린 것이고, 차별을 전제로 한 차이 역시 타인에 대한 배려가 실종된 행동이다. 진정한 배려는 나와 다른 너를 인정하는 것이다. 그것이 가지는 의미나 가치는 접어둔 채 말이다.

손을 잡고 함께 가다.

_무문 선사

『무문관 無門關』 제일 앞머리에 나오는 문장이다.

인생에서 동반자의 중요성은 두말할 필요가 없다. 우리 모두는 가족과 친구 등 동반자와 더불어 살아가면서 사람과 사회를 배우고 성장한다. 직접 겪지 못한 세상을 체험하고, 허물없이 고민을 나누는 등 삶의 다양한 호기심과 부담감을 해소하는 것도 동반자를 통해서다. 동반자와의 우정은 아무리 많은 돈을 주고도 살 수 없다.

언제부터인가 우리 사회에 동반자조차 성공의 수단이나 발판으로 보는 경향이 강해지고 있다. 나에게 도움이 되느냐 안 되느냐에 따라 친구를 골라 사귀게 되는 일이 잦아지면서 사람과 사람 사이의 배려 역시 사라졌다. 그러나 인간관계는 점수를 따며 진행하는 스포츠 경기가 아니다. 배려도 마찬가지로 승패를 나눌 수 있는 문제가 아니다.

사람이 세상을 혼자 살 수 없는 이유는 두 개의 눈과 두 개의 다리, 그리고 두 개의 팔밖에 없기 때문이다. 두 눈은 앞만 보기에도 부족하고, 두 다리는 뛰기에는 벅차다. 두 팔 역시 무언가를 붙잡기에는 역부족이다. 오래전부터 사람들은 이런 부족함을 겸허하게 받아들이고 가족과 친구들의 도움으로 헤쳐 나가는 지혜를 발휘했다. 삶의 위기를 우정으로 극복하기도 했다.

추사 김정희는 한때 명망 높은 정치인이었다. 하지만 안동 김씨의 견제로 인해 머나먼 제주도로 귀양을 가야만 했다. 많은 친구와 동료들이 등을 돌렸지만 그에게 그림을 배웠던 소치 허련만큼은 외면하지 않았다. 허련은 무려 세 차례나 배를 타고 제주도로 내려가서 스승인 김정희를 찾아갔다. 이때만큼은 김정희에게 허련은 제자가 아니라 함께 위기를 넘기는 동료였을 것이다. 화가이자 몰락한 양반 출신인 허련에게는 어려운 결정이었다. 자칫하다가 권력가의 미움을 받는다면 그에게도 화가 미칠 수 있었기 때문이다. 하지만 허련은 끝까지 스승 곁을 지켰다. 계산과 기대가 아닌 믿음과 우정을 가지고 말이다.

친구에게 대가를 바라고 호의와 친절을 베푸는 것은 어렵지 않다. 그러나 속마음을 숨긴 이런 거짓 친절과 배려는 감정만 소비하기 때문에 곧 한계에 봉착한다.

누군가와 함께 가는 것이 반드시 내가 가진 것을 나눠야 하는 것은 아니다. 오히려 더 많은 것들을 채워나갈 수 있는 기회가 될 수 있다. 두 개의 눈이 더해지면 더 많은 것을 볼 수 있고, 두 개의 다리와 팔이 더해지면 더 빨리 걷고 더 강하게 붙잡을 수 있다.

지팡이 하나에 의지하면 다리 없는 내를 건너고,
달이 비추지 않는 마을로 찾아갈 수 있다.

_무문 선사

이 문장은 백제 사람으로 일찍이 당나라에 건너가 위앙종을 세운 앙산 선사의 제자 파초 선사가 제자와 신도들에게 했던 설법으로부터 시작된다. 그는 말했다.

"너희들이 지팡이가 있다면 나는 내 지팡이를 줄 것이다. 만약 너희들에게 지팡이가 없다면 나는 너희들의 지팡이를 뺏을 것이다."

언뜻 들으면 앞뒤가 맞지 않는 얘기다. 이에 대해 남송 때의 고승 무문 선사가 이렇게 풀이했다.

"지팡이에 의지하면 다리가 없는 내를 건널 수 있고, 달이 비추지 않는 마을로 찾아갈 수 있다."

선승들의 말을 글자 그대로 해석해서는 안 된다. 지팡이를 그냥 지팡이가 아니라 일생을 통해 얻어야 할 진리나 깨우침이라고 보면, 파초 선사의 말은 깨닫거나 깨달아가는 사람에게만 나의 가르침을 줄 것이라는 의미가 된다. 즉, 스스로 찾기를 희망하거나 노력하면 도와주겠지만 그렇지 않으면 스승이나 가르침 같은 것들은 아무 소용이 없다는 일갈이다. 무문 선사의 말 역시 깨달음 하나만 있으면 불가능한 일도 해낼 수 있다라는 의미로 해석할 수 있다.

살다보면 다리가 없는 내나 달이 없는 깜깜한 밤중에 마을을 찾아야 하는 것과 같은 어려운 상황에 직면하기 마련이다. 이럴 때는 물살이 약한 부분을 찾아서 건너거나 마을 위치를 잘 아는 사람의 도움이 필요하다. 스승과 동료들의 도움이 절대적이다.

위대한 개혁가 정도전은 권력가인 이인임의 눈 밖에 나면서 고난의 세월을 보낸다. 귀양이 풀리고 나서도 사는 집이 강제로 철거되는 보복을 당한 것이다. 하지만 정도전은 포기하거나 좌절하지 않고 도움을 줄 만한 사람을 찾아갔다. 바로 쌍성에서 투항한 이자춘의 아들 이성계다. 뛰어난 무장이었지만 책사가 없던 그에게 정도전은 안성맞춤의 인물이었다.

인생은 결코 혼자 걸을 수 없다. 혼자 걸어가고 있다고 믿는 이 길은 사실 가족을 비롯해 사랑하는 사람과 함께 걷는 길이다. 그들의 따뜻한 미소와 배려가 없다면 우리는 필경 여러 번 넘어지고 좌절할 것이다.

넘어지고 상심할 때 혼자 일어나려고 애쓰는 것과 누군가가 내민 손에 의지해서 일어나는 것은 큰 차이가 있다. 난관을 헤쳐 나가는 데는 여러 가지 방법이 있지만 가장 좋은 방법은 서로 돕고 의지하는 것이다. 어두운 밤중에 홀로 걷는 것은 한없이 겁이 나는 일이지만 함께 걸으면 두려움이나 걱정이 크게 줄어든다.

할머니의 친절.

_『벽암록』

지나칠 정도로 조심하고 걱정하는 것을 노파심老婆心, 즉 할머니의 마음이라고 한다. 할머니는 귀찮을 정도로 가족을 챙긴다. 자식이 불혹이 되고 손자가 성년이 되어 더 이상 보살핌이 필요 없는데도 말이다. 『벽암록』에 나오는 이 짧은 문장 역시 지나칠 정도의 걱정과 잔소리를 일컫는다.

윗사람은 배려해서 하는 것일 테지만 누구나 과도한 간섭을 당하면 저절로 얼굴이 찡그려지게 된다. 나도 알아서 잘할 수 있는데 무슨 상관이냐는 불만의 표현이다. 물론 요즘에는 젊은 사람들이 자기 생각을 적극적으로 드러내는 분위기라 이런 일이 많이 줄었다.

그러나 살다보면 자신감보다는 겸손함이 큰 무기로 쓰일 때가 더 많다. 지나친 자신감은 화를 불러오는 법이다. 할머니가 자식과 손자에게 길거리에서 차를 조심하라고 이르면 대개는 신경도 쓰지 않는다. 하지만 할머니는 오랜 세월을 살아오면서 그런 종류의 사고가 보통 방심하거나 무신경할 때 찾아온다는 점을 잘 알고 있다. 못난 자식들이라는 얘기를 입에 달고 사는 것도 내 자식을 세상의 잣대에 내놓지 않겠다는 이유 때문이리라.

'돌다리도 두드려보고 건너라'라는 속담처럼 겉으로는 멀쩡해 보이지만 속은 썩어 들어간 경우가 많다. 돌다리를 건너다 무너지면 물에 빠져서 옷이 젖는 정도지만 인생을 헛디디게 되면 오랜 세월과 마음을 잃어버려야 한다. 나를 낮추는 것은 그런 위험성에서 벗어나게 해준다. 잘못된 판단은 늘 지나침 자신감으로 인한 방심에서 오기 때문이다.

또한 나를 낮추는 것은 상대방으로 하여금 마음 편하게 나를 대하게 해준다. 대부분의 사람들은 자신감에 넘쳐 아는 척을 하는 사람보다는 겸손한 쪽과 얘기하기를 원한다. 실제 잘 모르겠다는 쪽과 다 알고 있다고 얘기하는 쪽과의 얘기는 같은 주제를 놓고 해도 다르게 진행되며, 다른 결과와 인상을 남기게 된다. 상대방이 뭐든 다 알고 있다면 어떤 얘기든 조심스럽게 꺼낼 수밖에 없고, 쉽게 주눅이 들어버린다. 반면, 잘 모르겠다고 하면서 적극적으로 얘기를 들어주는 쪽과는 얘기가 잘 풀리는 경우가 많다.

문제는 넓고 깊은 세상에는 내가 모르는 일들이 많다는 것이다. 잘 알고 있다고 얘기했다가 혹시나 틀렸거나 잘못 알고 있는 것을 상대방이 알았다면 잘난 척을 한 것밖에 되지 않는다. 자신을 낮추는 것은 상대방을 위한 것이기도 하지만 혹시나 실수를 할지 모르는 나를 위한 배려이기도 하다.

7장

배움에 대하여

병아리가 알에서 나오기 위해서는 안팎에서 함께 쪼아야 한다.

_『벽암록』

『벽암록』에 나오는 문장이다. 스승이 제자의 역량을 알아차려 가르침을 통해 깨달음을 얻도록 도와준다는 의미이기도 하다. 두 손바닥이 제대로 마주쳐야 소리가 나듯이 배움과 가르침 역시 서로 밀접한 관계에 있다. 수행과 참선으로 도를 구하던 스님들은 일방적인 가르침으로는 제대로 된 배움이 이뤄질 수 없다는 사실을 아주 오래전부터 알고 있었다.

배움이 출세와 성공의 수단으로 변질된 것은 비단 오늘의 일만은 아니다. 과거시험으로 관리를 뽑던 조선시대는 물론이고 그 이전부터도 학문은 경쟁자들의 우열을 가리는 수단이었다. 이로 인해 배움의 가치와 의미는 뒤로 밀려나버렸다. 이런 상황에 대해 아무도 이상하게 여기거나 이의를 제기하지 않는다.

그러나 배움은 경쟁에서 이기는 수단을 넘어서 인생의 이정표로 봐야 한다. 사람은 살아가면서 크고 작은 많은 결정과 판단을 내리게 된다. 작은 시냇물이 모여서 거대한 강물이 되는 것처럼 이런 결정과 판단들이 인생의 방향을 결정짓는다. 내가 배운 지식으로 이뤄진 가치관들이 결국은 인생을 결정하는 셈이다.

조선 후기의 사림파 조광조의 스승은 김굉필이다. 아버지를 따라 평안도 영변에 갔던 조광조가 마침 무오사화에 휩쓸려 김굉필이 희천으로 유배 왔다는 소식을 듣고 직접 찾아가면서 인연이 생긴 것이다. 그러나 조광조가 그에게서 학문을 배운 것은 불과 2년이었다. 연산군의 명령으로 김굉필의 유배지가 순천으로 바뀌었기 때문이다. 몇 년 후, 김굉필은 연산군의 어머니 폐비 윤씨의 죽음에 연루되었다는 죄목으로 처형당한다.

조광조의 전체 인생에서 김굉필이 가르침을 준 것은 아주 짧은 순간에 불과했다. 그러나 조광조는 김굉필의 가르침을 평생 동안 잊지 않았다. 조정에 출사한 조광조는 스승의 가르침대로 나라를 이끌려고 했고, 결국 그것 때문에 목숨을 잃고 만다.

그렇다면 올바른 배움이란 무엇일까? 아무리 좋은 스승이 있다고 해도 제자에게 배우고자 하는 열정이 없다면 아무 소용이 없다. 반대로 제자가 열정이 있다고 해도 스승의 가르침에 열의가 없다면 성과가 나올 리가 없다. 병아리가 안에서 쪼고 어미닭이 밖에서 쪼아 알을 깨는 것처럼 스승이 화두를 던지면 제자가 깨닫는 것이 가장 이상적인 배움의 방식이다.

그러나 주위를 돌아보면 적성과 취향에 맞지 않는데도 부모와 학교의 강요로 억지로 공부하는 경우를 많이 볼 수 있다. 대학에서는 취업에 도움이 안 되는 학과들이 점점 사라지고 있다. 학문의 가치를 판단하는 사람들은 대체 어떤 공부를 했을까 궁금하다.

나의 삶에서 '출세'를 뺀다면 어떨까? 분명 다른 삶, 새로운 배움이 기다리고 있을 것이다.

물이 흘러서 도랑을 이룬다.

_『선림유취』

배움을 흐르는 물에 비유한 이 문장은 원래 중국의 시에서 따온 것이다. 작은 것이 모여 큰 것을 이루는 것은 당연한 이치다. 여기에 배움만큼 잘 들어맞는 경우도 드물다. 작은 지식들이 모여 이룬 거대한 생각이 세상을 바꾸는 경우가 많다. 바위 위에 가부좌를 틀고 앉아 수행하던 스님들도 손가락보다 얇은 물줄기들이 흘러내려 산 아래 거대한 도랑을 이루는 것을 보고 배움도 마땅히 그러해야 한다고 느꼈으리라.

물은 계절이나 수량에 따라서 많거나 적어진다. 추운 겨울이 되면 얼음이 되기도 하고 더운 여름에는 햇빛에 증발해서 수증기로 변한다. 하지만 양이나 상태에 상관없이 물은 늘 같은 성질을 가지고 있다. 얼지 않는 물은 물이 아닌 것처럼 배움 역시 장소와 시간, 혹은 사람에 따라서 달라지지 않는다. 배움은 인간을 성장시키는 거름 같은 존재다. 시대가 변하고 방법이 혁신적으로 달라진다고 해도 배움의 본질이 달라질 수는 없다.

오늘날 학문이 위기에 처한 이유는 진정한 배움이 사라지고 성공의 수단으로만 존재하기 때문이다. 그래서 어떻게 하면 영어단어를 빨리 외우고, 시험을 잘 치를 수 있는지가 관심거리가 될 뿐이다. 그러면서 무엇을 배우고, 그것을 토대로 어떻게 인생을 살아갈지는 가르쳐주는 스승도, 배우려는 제자도 없어져버렸다. 어떻게 하면 길을 잘 갈 수 있는지는 알려주면서 정작 왜 길을 걸어야 하는지, 그리고 갈림길에 도달했을 때 어느 길로 가야 하는지는 배우지 못한 것이다.

이렇게 되면 자신이 지금 행복한지 불행한지 헷갈리는 상황에 처하곤 한다. 배움은 내가 가는 길이 맞는지 확인해줄 수 있는 인생의 나침반 같은 존재다. 지금 이 길이 내가 가야 할 길인지 모른다면 그 길에서 만난 성공들은 온전히 자기 것이 될 수 없다. 인생을 마무리 짓고 정리할 시점에 오히려 길을 잃었음을 뒤늦게 깨닫는 일이 벌어진다. 살아온 삶을 후회하는 것만큼 불행한 일은 없다. 그런 상황에 처하는 이유는 대부분 어떻게 살아야 하는지 배우지 못했기 때문에 벌어진다.

정말 슬픈 것은 자신이 잘못된 길을 걷고 있다는 자각조차 못하는 것이다. 가만히 걸음을 멈추고 지나온 삶을 떠올려보자. 그리고 이런 삶을 살기 위해 오늘날까지 살아왔는지 조용히 되뇌어보자. 확신을 할 수 없다면 내가 묻겠다. 당신은 지금까지 살아온 삶의 진정한 주인인가?

소나무의 색은 천년이 지나도 변하지 않는다.

_『속등록』

북송 말기 운문종의 승려 유백이 편찬하여 황제에게 바친 『속등록續燈錄』에 나오는 문장이다. 예로부터 소나무는 역경을 이겨내고 절개를 지키는 삶을 상징하여 승려와 선비들의 표상이 되어왔다. 오랜 세월 묵묵히 제자리를 지키면서 자신의 색을 잃지 않기 때문이다.

배움은 온전한 인간으로서의 마지막 성장 절차이다. 어린아이는 나이가 들면서 육체가 성장하고, 말을 익히면서 타인과 소통을 하게 된다. 마침내 주민등록증까지 나오면 법적으로 성인이 된다. 하지만 그 사람 안에 어떤 것이 담겨 있느냐에 따라 인생은 확연히 달라진다. 어린 시절의 배움이 나머지 삶을 지배한다고 해도 과언이 아니다. 위인전에 나오는 인물 대부분은 어린 시절에 매혹당한 것에 평생 매진했다.

평범한 우리도 마찬가지다. 모든 것은 시작이 존재하는 법이다. 잘못된 생각과 습관, 관념 모두가 근원을 따져보면 어디서부터 잘못되었는지 알 수 있다. 따라서 무엇을 어떻게 배우느냐는 인생을 좌우하는 굉장히 중요한 일이다. 과외 천국인 대한민국이지만 불행하게도 어떻게 살아야 하는지를 가르치는 선생님이나 과목은 없다. 그런 것들은 집안 어른이나 학교 밖 사회에서 배워야 하기 때문이다.

꽤 오랫동안 찬밥 대접을 받았던 국사가 필수과목으로 지정되면서 갑자기 신데렐라 대접을 받고 있다. 학문이 그 자체가 아니라 대입시험이나 입사시험에 나오는지 안 나오는지에 따라 가치가 등락하는 것이다. 마치 주식처럼 말이다. 앞으로 많은 학생들이 한국사에 대해서 명철한 지식을 보유하게 될 것이다. 그러나 각종 지식으로 무장되었다고 해도 인간으로서의 자질이 부족하다면 갓난 아기나 다름이 없다.

우리 사회에서 유명인의 막말과 폭언이 화제가 되곤 한다. 내 주변에서도 전혀 그럴 것 같지 않은 사람들이 과격한 모습을 보인다.

오래전 카페에서 일할 때를 돌아보면, 주문한 순간부터 빨리 달라고 채근하거나 눈에 불을 켜고 이상한 것을 넣지 않는지 살펴보는 손님들을 종종 볼 수 있었다. 누군가 나를 속일 것이라는 의심을 한다는 얘기는 뒤집어보면 나는 항상 남을 속이거나 속일 준비가 되어 있다는 것을 의미한다. 학교에서 수많은 문제를 풀고 시험을 치르며 살아왔지만 정작 사람을 어떻게 대해야 하는지는 배우지 못한 탓이다.

인간은 변하지 않는다. 단지 욕심 혹은 탐욕이 망가뜨릴 뿐이다. 세상은 관계와 규칙으로 이뤄져 있다. 천년이 지나도록 색이 변하지 않는 소나무처럼 시대마다 조금씩 변화는 있을지언정 배려하며 공존해야 한다는 기본적인 원칙은 변하지 않았다. 세상을 살아가는 우리 역시 그 원칙에 맞춰 살아야 한다. 인간답게 말이다.

닭은 추우면 나무 위로 올라가고,
오리는 추우면 물속으로 들어간다.

_파릉 선사

어느 날 제자가 파릉 선사에게 물었다.

"스승님, 달마 대사의 선과 여래의 선은 같습니까? 아니면 다릅니까?"

그러자 파릉 선사가 지그시 눈을 감고 대답했다.

"닭은 추우면 나무 위로 올라가고, 오리는 추우면 물속으로 들어가지."

제자의 물음은 아마도 어떻게 해야 빨리 해탈할 수 있는지에 대한 물음일 것이다. 조급함이 담겨 있는 이 질문에 파릉 선사는 닭과 오리가 추위를 피하는 방법이 다르다는 다소 엉뚱한 대답을 했다. 해탈로 가는 길은 각기 다르다는 의미로 해석될 수 있다.

불교에서는 깨닫기 위해서 불교 혹은 부처조차 초월해야 한다고 말한다. 특정 교리나 믿음 같은 것이 마음을 속박시키는 것을 피하기 위한 얘기일 것이다. 인류의 위대한 발명품인 문자는 지식과 기술을 전달하는 중요한 매체이다. 기독교의 『성경』이나 불교의 경전들, 이슬람교의 『코란』처럼 많은 종교들이 그들의 믿음을 전파하기 위해 문자에 의존했다. 하지만 불교에서는 경전과 선인들의 말씀에 너무 귀를 기울이면 아무것도 얻을 수 없다고 얘기한다. 그래서 제자들의 물음에 엉뚱하거나 혹은 틀린 것처럼 보이는 대답들을 해주는 것이다. 정답이지만 정답처럼 보이지 않는 이런 대답들이 어쩌면 인생을 향한 진정한 가르침인지도 모르겠다.

흔히 인생에는 정답이 없다고들 말한다. 급변하는 세상을 어떻게 맞춰가야 할지 아무도 모른다는 의미일 터이다. 주입식 교육에 물든 사람들은 답이 없다는 얘기에 공포감을 느낄지 모르겠지만, 사실 인생에 정답이 있을 수도 없고 있어서도 안 된다. 모두의 목표가 성공일 때, 그리고 그것을 위해 다른 것들의 희생을 강요할 때 세상은 삭막하고 차가워진다. 추위가 닥쳤을 때 닭과 오리가 각각 다른 방법으로 추위를 피한 것처럼 사람들 역시 자신들만의 방식으로 세상을 살아가야 한다. 그런 다양함에 대한 의식들을 인정해줄 때 세상은 좀 더 따뜻해질 것이다.

우리는 무엇을 위해 사는가라고 끊임없이 묻지만 공허한 대답 혹은 침묵만이 들려온다. 내가 가지고 있는 꿈이 진정 나의 것인지 혹은 부모의 것인지 생각해봐야 한다. 그것이 명확하지 않은 상태에서의 공부는 악몽이 되기 때문이다. 공부가 어려운 것은 암기해야 할 것이 많거나 수식이 어려워서가 아니라 왜 이걸 해야 하는지 모르기 때문이다. 나에게 맞는 인생, 그리고 그 인생을 살아가기 위해서는 무엇을 배워야 하는지 돌아봐야 한다.

인생에 정답이 없다는 얘기는 그만큼 다양한 삶을 살 수 있다는 것을 의미한다. 배움 역시 마찬가지다. 공부에 왕도가 없듯 인생과 배움에도 왕도가 없다. 단지 수만 갈래의 길이 있을 뿐이다. 그 길을 어떻게 가느냐는 자신의 의지에 달려 있을 뿐이다.

내가 입은 베옷의 무게는 세 근이다.

_수초 선사

어느 날 한 승려가 선종의 유명한 고승 수초 선사에게 물었다.

"부처란 무엇입니까?"

그러자 수초 선사가 대답했다.

"내가 입고 있는 베옷의 무게가 세 근일세."

『벽암록』에 실린 이 이야기는 "향상일로 천성불전向上一路 千聖不傳", 즉 '절대적인 진리로 향하는 길은 천 명의 성인도 알려줄 수 없다'는 글과 함께 나온다. 해탈하기 위해서는 경전과 스승의 가르침을 물론 수행을 한다는 사실조차 잊어야 한다는 것과 일맥상통한다.

부처 혹은 도가 무엇이냐는 물음에 그것은 아무것도 아니라는 선승들의 대답은 틀리면서도 맞다. 정답을 원하는 사람에게는 틀린 대답이지만 그것을 원하지 않는 사람에게는 맞는 대답이기 때문이다. 대답을 한 선승들은 질문자가 자신의 얘기조차 잊어버릴 정도의 평상심과 무념무상으로 빠져들기를 원했을 것이다.

오늘날 이런 가르침이 점점 보이지 않게 된 것은 배움이 성공과 출세를 위한 수단으로 전락해버리면서 우리가 멀리했기 때문이다. 배움은 여전히 그 자리에 있지만 다른 것에 눈이 어두워지면서 못 찾게 된 것이다. 깨닫기 위해서 잊어버려야 한다고 얘기하는 것처럼 배움을 찾기 위해서는 성공에 대한 욕심과 망상을 버려야 한다. 두려움이나 존경심, 공포감이나 희열 같은 일체의 선입견들을 배제하고 오직 배움 그 자체만을 바라봐야 한다.

우리에게 배움이 필요한 이유는 그것이 인생의 나침반이 되기 때문이다. 어떻게 살아야 하는가에 대한 가장 올바른 해답은 바로 그렇게 살기 위한 배움일 것이다. 그리고 그런 배움은 교과서나 강의, 책이 아니라 바로 자신의 마음속에 있다. 단지 우리가 깨닫지 못하고, 인정하지 않기 때문에 보지 못할 뿐이다. 꿈이 배움과 만날 때, 우리는 상상할 수 없었던 삶이 펼쳐지는 것을 보게 된다.

무엇을 하면 돈을 많이 벌고, 또 무엇을 하면 무시를 당한다는 얘기를 들었을 것이다. 세상의 가혹한 잣대는 이렇게 꿈을 향한 배움을 막아선다. 하지만 눈을 똑바로 뜨고 있다면, 그리고 배우려는 마음가짐이 있다면 일체의 번잡함도 아무것도 아니게 된다. 단지 무엇을 배워야 하는지, 그리고 왜 그것을 배워야 하는지 모르기 때문에 눈앞의 어지러움에 무릎을 꿇고 마는 것이다. 세상의 시선과 잣대를 버리면 배움이라는 길을 통해 새롭고 멋진 또 다른 세상이 열릴 것이다.

대나무는 위아래 마디가 있다.

_하쿠인 선사

하쿠인 선사의 『괴안국어槐安國語』에 나오는 문장이다. 하쿠인 선사는 평생 대중에게 불법을 전파하고 저서 또한 많이 남겨 일본 임제종을 부흥시킨 승려로 유명하다.

대나무는 다른 나무들에 비해 빠르고 높게 자란다. 또한 속이 비어 가벼운데도 바람에 잘 견딘다. 마디마디마다 성장점이 있을 뿐만 아니라 그 마디가 관절의 역할을 해주기 때문이다. 이러한 특성 때문인지 대나무는 소나무처럼 절개, 지조를 상징하면서 동시에 융통성 있는 세상살이를 말할 때도 종종 등장한다.

우리도 대나무처럼 속을 비우고 마디를 잘 만들어야 세상의 풍파를 잘 견딜 수 있다. 욕심 없이 살라는 뜻이 아니라 무엇을 비우고, 언제 마디를 만들어야 하는지에 대한 지식을 가져야 한다는 말이다.

누구나 세상의 중심에 자신을 가져다놓는다. 타인의 감정보다 자신의 감정을 우선시하는 것이다. 이기적으로 보이지만 쉽게 고칠 수 있는 문제가 아니다. 두려움과 무지 역시 필연적으로 사고와 삶의 경직을 불러온다.

속이 빈 대나무처럼 유연해지려면 스스로를 냉철하게 바라봐야 한다. 타인의 얘기에 귀를 잘 기울이고, 쉽사리 자기감정을 드러내지 않아야 한다. 그리하여 중심을 잡을 수 있는 사람이라면 어느 쪽으로 휘어지든 원위치로 돌아올 수 있다.

대나무처럼 유연하면서도 중심을 잡아주는 역할을 하는 것이 바로 배움이다. 배움은 스스로를 돌아볼 수 있게 해주며 부족함을 깨우치게 한다. 더불어 그 부족함을 헤쳐 나가기 위해서 주변을 돌아보게 만들어준다.

사회가 급격하게 변하고 있다. 어제만 해도 절대적인 진리 혹은 원칙이었던 것들이 하루아침에 폐기처분되거나 부정된다. 다양한 생각과 주장이 난무하면서 자칫 중심을 잡지 못하게 한다.

우리의 몸과 마음은 생각이 어디로 쏠리느냐에 따라 움직인다. 그 생각을 통해 세상을 바라보기 때문에 볼 수 있는 시각도 좁혀진다.

이렇게 시야가 좁아지면 놓치는 것들이 늘어나고 잘못된 것들만 보게 된다.

배움은 대나무처럼 사람을 성장시키기도 하지만 잘못된 방향으로 이끌어가기도 한다. 하나의 생각을 완성해서 마디처럼 만들어놓으면 그 안은 꽉 찬 것이 아니라 대나무처럼 텅 비어버린다. 그 안에 어떤 생각을 담느냐에 따라 이리저리 휘어질 것이다. 하지만 마디가 튼튼하다면 어느 방향으로 휘어지든 자기 자리를 찾아간다.

마음을 가져와라.

_달마 대사

혜가 선사는 자신의 한쪽 팔을 칼로 잘라 달마 대사에게 바쳤다. 가르침을 구했으나 대답을 듣지 못했기에 자신의 결심이 얼마나 비장하고 간절한지를 보인 것이다. 결국 달마 대사는 그를 제자로 받아들이고 가르침을 베풀었다.

어느 날, 혜가 선사가 달마 대사에게 말했다.

"스승님, 마음이 불편합니다. 어떻게 하면 마음이 편안해질 수 있겠습니까?"

달마 대사가 말했다.

"그 불편한 마음을 가져오너라. 그럼 내가 편안하게 해주겠다."

"눈에 보이지 않는 마음을 어찌 가져오란 말씀이십니까?"

혜가 선사의 반문에 달마 대사가 대답했다.

"내가 이미 너의 마음을 편안하게 해주었다."

그러자 혜가 선사는 크게 깨달은 표정으로 고개를 끄덕거렸다.

우리는 여러 가지 일로 기분이 좋아졌다 나빠졌다 한다. 그리고 그 기분은 나의 말과 행동을 통해 주변에 영향을 미친다. 주변 반응에 따라 또다시 나의 기분이 변한다. 그 와중에 감정의 교류가 원활하게 이뤄지지 않으면 마음이 다치고 상처받는다. 근래에 신경정신과 문턱을 자연스럽게 드나드는 사람들이 많아졌는데, 결국 불편한 마음이 병을 낳은 것이다. 그것은 곧 우리 사회 전체가 중병을 앓고 있다는 사실을 말해준다.

혜가 선사와 달마 대사의 문답은 마음을 편안하게 해주는 법문이라는 뜻의 '안심법문安心法門'으로도 불린다. 달마 대사는 혜가 선사의 불편한 마음을 어루만지거나 치료해주지 않았다. 단지 그 마음을 가져오라고 했을 뿐이며, 가져올 수 없다는 대답에 이미 편안하게 해줬다는 말을 했다.

핵심은 마음을 어떻게 치료했느냐가 아니라 마음이 편하고 불편한 상태를 어떻게 받아들이느냐다. 혜가 선사는 자신이 느끼고 있던 불편함이 아무런 실체가 없음을 깨달았다. 마음이 불편함과 편안함을 오가는 이유가 단지 마음먹기 나름임을 깨달았던 것이다.

내 마음의 편안함과 불편함이 나에게 달렸듯 내가 무엇을 배우느냐는 스승이나 학교에 달린 게 아니라 스스로 결정하는 것이다. 학교 공부는 지겨우면서도 취미생활은 즐거운 이유는 그것을 통해 마음의 기쁨을 얻을 수 있기 때문이다. 세상을 제대로 살기 위해서는 배움을 위한 적극적인 자세가 필요하다.

어리석은 마음으로 배우지 아니하면 교만이 늘어나고,
어두운 마음으로 배우지 아니하면 스스로 잘났다고 생각한다.
지식이 없이 마음만 높은 것은 굶주린 호랑이와 같고,
아는 것이 없이 방황하는 것은 미친 원숭이와 다를 바 없다.

_야운 화상

『자경문』에 나오는 문장이다. 스스로 뉘우치고 깨닫는다는 뜻의 '자경문自警文'은 혹시나 흐트러질지 모르는 마음을 다잡기 위한 글이다. 새로 불가에 들어온 스님들이 맨 처음 배우는 글이기도 하다.

불가의 이름난 선승들은 교만과 방심을 막기 위해 자주 반성하고 돌아봤다. 오만과 독선은 아무리 경계하고 뉘우쳐도 부족함이 없기 때문이다. 야운 화상에 대한 기록은 남아 있는 것이 별로 없고, 나옹 화상의 제자라는 사실 정도만 알려져 있다.

우리가 스스로를 돌아보면 온갖 욕망으로 둘러싸인 것을 볼 수 있다. 이런 욕망들이 갈등과 충돌을 불러오지만, 대부분의 사람들은 이를 '경쟁'이라는 이름으로 넘겨버린다. 우리는 먹는 것을 통해 육체적으로 성장하고 배움을 통해 정신적으로 성장해나간다. 하지만 잘 먹어서 키가 크고 덩치가 커진다고 해서 어른이 되는 것은 아니다. 사람의 마음속에는 함정들이 있는데 자칫 빠지게 되면 교만해지고 잘난 척을 한다. 벼가 익을수록 고개를 숙이는 것처럼 많이 보고 배운 사람들이 침묵을 지키는 것은 세상의 지식이 나의 말로써 감당할 수 없다는 사실을 잘 알기 때문이다.

어리석거나 아둔해지고 싶지 않으면 배우고 깨우치라는 야운 화상의 말은 이제 막 사회에 첫걸음을 내딛는 사람이나 오랜 경험을 통해 성공가도를 달리는 사람 모두가 귀를 기울여야 할 가치가 있다. 배운다는 것은 단순히 지식을 습득하는 것만을 의미하지는 않는다. 그 지식을 통해 나의 삶을 제대로 살아가고 올바른 목표를 바라볼 수 있는 힘을 길러야 한다.

아무리 좋은 지식을 배운다고 한들 그것에 담긴 뜻을 깨우치지 못한다면 글자를 읽는 것 이상의 의미를 가지기 힘들다. 우리가 가지고 있는 힘의 원천은 다른 곳이 아니라 지식에서부터 시작된 실천의 힘이기 때문이다. 배우고 깨우치는 것은 남들보다 강해진다는 것을 넘어서는 뜻을 지니고 있다. 그것은 온전한 인간으로 가는 마지막 방점을 찍는 것을 의미한다.

조원의 물 한 방울.

_법원 선사

혜능 선사의 가르침으로부터 이어져온 법안종의 창시자 법원 선사에게 제자가 물었다.

"조원의 물 한 방울이라는 것이 무슨 뜻입니까?"

법안 선사가 대답했다.

"그것은 조원의 물 한 방울이라는 뜻이다."

대답하기 귀찮아서 같은 말을 반복하지는 않았을 터이다. 더하지도 빼지도 않고 정답을 말한 것이다. 조원의 물 한 방울이라는 단어 자체에는 아무런 의미가 없다. 하지만 혜능 선사의 선법이라는 뜻이 더해진다면 의미가 완전히 달라진다. 그리고 그것을 어떻게 받아들이느냐는 온전히 각자의 몫이다.

달마 대사의 6대 제자 혜능 선사는 중국 남쪽의 조계산에 살면서 불법을 전파했다. 오늘날 선종이 '조계의 물 한 방울에서 시작됐다'고 일컫는 것은 혜능 선사의 가르침을 뿌리 삼아 불법이 크게 성했음을 의미한다. 한 사람의 배움과 수련이 얼마나 크고 넓게 가지를 뻗어나가는지를 잘 묘사해주는 말이다.

우리는 작은 시작이 얼마나 큰 변화를 가져오는지를 종종 목격한다. 혜능 선사의 설법 역시 처음에는 작고 미약했지만 그것을 들은 사람들을 통해 거대한 울림으로 변했다. 우리 역사에도 이 같은 일이 적지 않다. 한 예로 안향과 더불어 고려 후기 성리학을 도입한 백이정의 업적을 들 수 있다.

백이정은 충선왕을 따라 원나라의 연경에 가서 새로운 학문인 성리학을 접했다. 그리고 고려로 돌아와 제자들을 길렀다. 그 중 한 명인 이제현은 스승의 가르침을 마음 깊이 받아들이면서 성리학의 대가로 성장했다. 두 사람의 노력으로 조선의 중심사상인 성리학이 이 땅에 뿌리를 내린 것이다.

혜능 선사와 백이정의 시작은 작고 초라했다. 하지만 작은 물방울 같은 가르침은 수많은 제자들을 불러 모았고, 결국은 역사 속에 커다란 발자취를 남겨놓았다. 우리의 배움도 마찬가지다. 모든 시작이 미약할 수밖에 없지만, 배움의 시작은 더더욱 그러하다. 하지만 작은 용기를 발휘해서 배움을 시작한다면 시간이 얼마나 걸리느냐가 다를 뿐 결국 원하는 것을 얻게 된다.

배움은 사람의 운명을 가장 극적으로 바꿔줄 수 있는 장치다. 한 방울의 물로는 목마름을 해소하지 못한다. 하지만 그렇게 작은 물방울들이 모여서 골짜기를 흐르는 거대한 물줄기가 되고, 결국은 넓디넓은 바다를 이룬다.

인간은 불완전한 존재다. 쉽게 감정에 휘둘리고, 남을 의심하며, 자그마한 성공을 하면 자만에 빠진다. 후회를 하면서도 돌아서면 다시 자신의 욕망에 충실해진다. 그럼에도 지식을 쌓는다면 이런 약점들을 뛰어넘을 수 있다. 나를 바꿀 수 있는 가장 큰 변화에 도전해보자. 작고 미약한 한 방울의 배움에서부터 시작될 것이다.

호랑이의 눈으로 보고, 황소의 걸음으로 걷다.

_보조국사 지눌

보조국사 지눌의 유골을 봉안한 탑의 부도에는 이런 글이 쓰여 있다고 한다.

"스님께서는 늘 우행호시牛行虎視하면서 여러 사람이 힘을 합하는 어려운 일에 앞장서셨다."

지눌의 호는 목우자牧牛子이다. 풀어 쓰면, '소를 기르는 사람'. 고려를 대표하는 승려이자 선종을 부흥시킨 인물로 알려진 그는 왜 하필 이런 호를 택했을까?

이유는 그의 삶과 깊은 연관이 있다. 지눌은 정혜결사定慧結社 운동을 통해 혼탁해진 불교계를 정화시키고자 했다. 개인의 깨달음을 넘어서 이런 운동을 전개하기 위해서는 수많은 갈등과 고난을 극복해야 했을 터이다. 또 그러한 어려움을 이겨내기 위해서는 빈틈없고 신중해야 했을 것이다. 위의 글귀에서 유래된 호시우행虎視牛行은 '냉철한 눈으로 사태를 파악하되 신중하게 움직인다'는 뜻으로 오늘날 우리 사회에서, 특히 정치인이나 기업인들이 자주 인용한다.

호시우행은 배움과도 연결된다. 요즘 사람들에게 무엇을 가장 먼저 배우고 싶냐고 물으면 십중팔구 영어라고 대답한다. 학생이라면 어학연수가 선택이 아닌 필수가 되었고, 걸음마를 막 뗀 아이들이 엄마나 아빠 대신 마마나 파파라고 말한다.

무엇을 배우느냐에 따라서 인생이 바뀔 수 있으니 치열한 경쟁사회에서 영어공부에 열중하는 건 충분히 이해할 수 있다. 하지만 영어공부는 배움의 한 과목일 뿐이다. 배움 자체는 신중해야 한다. 일단 진로가 결정되면 돈과는 비교할 수 없이 귀중한 시간을 투자해야 하기 때문이다. 우리는 청춘을 황금기라고 부른다. 그만큼 인생에서 중요한 시기라는 것이다. 잘못 판단해 시작하게 되면 다시 돌리기에는 너무나 타격이 큰 것이 바로 배움이다.

이런 중요한 문제가 시험점수에 맞춰야 한다거나 부모의 체면 같은 이유 때문에 제대로 결정되지 못할 때가 많다. 누구나 한 번쯤은 자신이 하는 공부가 적성에 맞지 않아 고민을 해봤을 것이다. 이것은 진로 문제는 물론 앞으로의 삶과도 직결되는 중대한 일이다. 경험이 쌓이면서 도중에 방향을 수정할 수는 있지만 이 역시 쉬운 일은 아니다. 그러므로 스스로가 신중하고 냉철하게 무엇을 배울지 결정해야 한다. 아무 책임도 지지 않는 주변의 권유나 부모의 막연한 기대에 좌우되어서는 안 된다.

배움은 단순히 책을 펼치는 것으로 시작되는 것이 아니다. 배움의 시작은 인생의 중대한 고비를 대비해 도전을 준비하는 것이고, 단 한 번밖에 누리지 못하는 인생을 투자하는 것이다. 잘못된 시작은 비록 눈에 보이지 않고 후유증이 몇 년 혹은 몇 십 년 후에 나타나지만 세상의 그 어떤 실패와도 비교할 수 없는 타격을 준다.

무엇을 어떻게 배울지는 먹잇감을 노리는 호랑이의 눈으로 신중하고 냉철하게 판단해야 한다. 시류에 흔들리지 말고, 내가 원하는 것, 그리고 나의 꿈을 실현시켜줄 수 있는 것을 찾아야 한다. 그리고 그것을 찾았다면 이제는 황소처럼 천천히, 그러나 끈기 있게 걸어가면 된다.

구름 걷힌 가을 하늘의 달이 연못에 드리우니
차가운 빛이 끝이 없도다.
천지를 꿰뚫는 눈이 활짝 열리니
큰 뜻이 분명하여 거리낄 것이 없도다.

_종경 선사

송나라 선승 예장 종경 선사가 쓴 시의 일부다. 종경 선사는 혜능 선사, 야부 선사 등과 함께『금강경오가해』라는『금강경』해설서를 쓴 인물로 알려져 있다.

누구나 살다보면 초라한 몰골로 길을 걷다 첫사랑을 만나는 것과 같이 뜻밖의 일들과 마주친다. 돌이켜보면 예측이 가능했던 순간보다 그렇지 못한 경우가 더 많았다. 그것은 우리가 그만큼 세상과 마주칠 준비가 되어 있지 않다는 뜻이기도 하다.

배움 역시 마찬가지 아닐까 싶다. 무엇을 어떻게 배워야 할 것인가라는 물음에 사람과 시대에 따라 다른 답이 나올 것이다. 그 답 역시 시간이 흐르고 상황이 변하면 틀린 답이 된다. 그러므로 배움의 방향을 어디로 잡아야 하는지는 큰 고민거리가 아닐 수 없다.

누구도 답을 줄 수는 없다. 배움은 기나긴 인생을 만들어주고 완성시켜주는 뼈대와 같다. 같은 사람이라고 해도 세월이 흐르고 생각이 바뀌면 배움에 대한 가치 역시 변하기 마련이다. 무엇이 나에게 옳고 그른지를 찾는 것은 모래사장에서 바늘을 줍는 것만큼이나 어렵고 고통스러운 일이다. 남은 방법은 단 한 가지, 거침없이 배우는 것뿐이다. 무엇을 위해 배울까, 나의 앞길에 어떤 도움이 될까라는 생각은 잠시 접어두고, 자신이 생각하는 올바른 배움에 집중하는 것이다.

종경 선사는 천지를 꿰뚫어볼 수 있는 눈이 있으니 큰 뜻을 보는데 아무 문제가 없다고 역설한다. 이처럼 배움은 세상을 제대로 볼 수 있는 눈의 역할을 한다. 세상을 바라보는 눈에는 우리의 가치관이 담겨 있다. 오랜 학습을 통해 형성된 가치관이 복잡다단한 세상을 자신의 마음에 맞게 걸러준다. 잘못된 지식을 배우면 어긋난 시선으로 볼 수밖에 없고, 그 결과 잘못된 생각을 가지게 된다.

나무가 햇빛이 비추는 방향으로만 자라는 것처럼 우리의 시선도 생각이 뻗어나간 방향으로만 바라볼 수밖에 없다. 음식을 골라먹는 것처럼 지식을 골라서 배우기 때문이다. 음식을 골라서 먹으면 건강이 나빠지지만 지식을 잘못 배우면 삶이 망가져버린다.

인간은 얼음 같은 냉정함부터 용암보다 더 뜨거운 열정을 동시에 품을 수 있는 존재다. 그런 다양한 감정들을 보유하는 게 가능한 까닭은 지식을 통해 가치관이 형성되기 때문이다. 몸의 건강보다 더 중요한 건강을 챙기기 위해서는 거침없는 배움을 통해 올바른 가치관을 만드는 것이 중요하다.

벼락같은 말

1판 1쇄 찍음 2018년 1월 11일
1판 1쇄 펴냄 2018년 1월 18일

지은이 정명섭
펴낸이 조윤규
편집 민기범
디자인 홍민지

펴낸곳 생각의서재
등록 2017년 1월 6일 제2017-000050
주소 (07788) 서울특별시 강서구 마곡중앙로 161-17 보타닉파크타워1 612호
전화 영업부 02-3661-7283 / 기획편집부 02-3661-7284 | 팩시밀리 02-3661-7285
이메일 houseofthinking@naver.com

ISBN 979-11-961926-2-4 03810

이 도서의 국립중앙도서관 출판예정도서목록(CIP)은 서지정보유통지원시스템 홈페이지(http://seoji.nl.go.kr)와 국가자료공동목록시스템(http://www.nl.go.kr/kolisnet)에서 이용하실 수 있습니다. (CIP제어번호 : CIP2017035669)